Langenscheidt

Queen of Hearts – Königin der Herzen

von Dagmar Puchalla
und Carole Eilert

Langenscheidt

Berlin · München · Wien · Zürich · New York

Lektorat: Marion Schweizer
Englischsprachiges Lektorat: Charlotte Collins
Coverzeichnung: Kirill Chudinskiy

www.langenscheidt.de

Umwelthinweis: gedruckt auf chlorfrei gebleichtem Papier

Druck: Mercedes-Druck GmbH, Berlin
Bindung: Stein & Lehmann, Berlin
Printed in Germany

ISBN: 978-3-468-20481-4

Jasmin, 15

So wütend war Jasmin schon lange nicht mehr auf ihre Freundin gewesen. Sie saß in ihrer Lieblingseisdiele und wartete seit einer geschlagenen halben Stunde auf Tina. Es war schon das dritte Mal in dieser Woche, dass sie eine Verabredung vergaß. Noch einmal verglich Jasmin die Zeitangabe auf dem Display ihres Handys mit den Zeigern auf ihrer Armbanduhr. Vielleicht stimmte da was nicht? Aber wie sie es auch drehte und wendete – Tina kam mal wieder viel zu spät.

Seit Tina in England diesen Nick kennengelernt hatte, war sie wie ausgewechselt. Alles drehte sich nur noch um Nick, Nick, und nochmals Nick. Nicks Briefe, Nicks E-Mails, Nicks SMS-Nachrichten. Liebe und Sehnsucht nach Nick waren die einzigen Themen seitdem.

Und Jasmin? Jasmin, auf die sich Tina immer hatte verlassen können, die immer zu ihr gehalten hatte, die sie getröstet und aufgemuntert hatte, wenn sie traurig war, die Freud und Leid mit ihr geteilt hatte? Jasmin war plötzlich an die zweite Stelle gerückt, sie war nicht mehr die wichtigste Person in Tinas Leben.

Liebe macht eben blind, dachte Jasmin gekränkt. Sie schwor sich insgeheim, niemals so zu werden, wenn sie sich verlieben würde. Auf keinen Fall! Tina war wirklich ein abschreckendes Beispiel.

Sie hob die Hand und bestellte sich noch einen Schokoladenmilchshake. Der kam wenigstens zuverlässig.

TINA, 15

An der Außenalster in Hamburg wehte eine leichte, sommerlich warme Brise. Tina hockte auf einer Bank, ihr rotes Fahrrad lag neben ihr im Gras und um sie herum schnatterten ein paar Wildgänse. Die prall gefüllte Einkaufstasche zu ihren Füßen, las Tina wohl zum zwanzigsten Mal Nicks letzten Brief aus England. Nick schrieb häufig Briefe. Natürlich mailten sie sich auch ab und zu, aber er besaß keinen Computer und musste zu diesem Zweck immer in ein Internet-Café. Abgesehen davon hatte ein handgeschriebener Brief für Tina viel mehr Bedeutung als eine E-Mail, er war einfach persönlicher. Nicks Schrift war ein Teil von ihm und gab ihr das Gefühl, etwas von Nick selbst in der Hand zu haben. Und für Tina duftete er sogar – nach ihm und nach der Farm seiner Großeltern, bei denen er lebte.

I can't wait. Ich kann's kaum erwarten.

to be dying to do sth sich brennend danach sehnen, etw zu tun

Dear Tina,
*I miss you so much. **I can't wait** to be with you in Hamburg. I'**m dying to** see you again and hold you in my arms …*

Tina hielt inne, blinzelte auf das sanft sich kräuselnde Wasser und die vorüberziehenden Segelboote. In ihrem Bauch kribbelte es wie verrückt bei der Vorstellung, dass Nick durch den Schüleraustausch bald für ein halbes Jahr bei ihr sein würde. Er würde neben ihr in der Klasse sitzen und Deutsch lernen und sie würde mit ihm üben und ihm die Stadt zeigen. Und sie würden nächtelang bei Kerzenlicht in der Küche sitzen und einander nahe sein. Sie würden natürlich *alles* gemeinsam machen. Sie dachte, sie müsste in tausend Stücke zerspringen vor Sehnsucht nach ihm. So viel Zeit war vergangen, seit sie sich gesehen hatten. Wochen, Monate ...

Als Tina die Augen schloss, sah sie alles vor sich, als wäre es gerade eben erst geschehen: Ihre einwöchige Reise nach Bath im Austausch mit Justin, den ihre Lehrerinnen organisiert hatten, das Blümchenzimmer bei Daphne, die englische Klasse von Mrs Fletcher, der schreckliche Biologielehrer Mr Mason und ihr peinlicher Ausrutscher im Froschteich. Tina lachte leise in sich hinein. Wie sie ausgesehen hatte! Von oben bis unten voller Froschlaich. Und Nick hatte sie aus diesem Teich herausgefischt, er hatte sie sich sozusagen geangelt. Nick war einfach wunderbar.

I'm learning as much German as I can. Mrs Fletcher is ***thrilled****. But Justin is causing problems. Big problems! You know what – he doesn't want me to go to Germany at all! All he can think of is the band. When I'm in Germany the band won't have a drummer, you see ...*

thrilled begeistert

Während sich eine Gans unbemerkt ein Brötchen aus der halb geöffneten Tüte schnappte, lauschte Tina der Musik aus ihrem MP3-

Player. Die Songs der Band *King of Hearts*, in der Nick Schlagzeuger war, kannte sie in- und auswendig. In ihrer Erinnerung sah sie sich und Nick auf der Bühne stehen, sie selbst am Klavier, und er sang den Song:

So it's seven mountains that we climb
Two hearts ***sharing*** *a love so* ***sublime***
Hear the wind
See the light
It's no ***sin****, be mine tonight ...*

Das war damals auf dem Schulkonzert, das Jasmin organi ... Tina riss die Augen auf und eine Hitzewelle durchflutete sie. Sie hatte ihre Verabredung mit Jasmin völlig vergessen!

to share teilen
sublime wunderbar
sin Sünde

Eilig faltete sie den Brief zusammen, schob ihn zurück in den Umschlag und steckte ihn liebevoll in die Brusttasche ihrer Jeansjacke. Ohne zu bemerken, dass die Brötchentüte leer war und ein paar Gänse sich die restlichen Brocken teilten, schwang sie sich auf ihr Fahrrad und düste los.

COULD THIS BE LOVE?

Jasmin bestellte gerade ihren dritten Milkshake. Wütend wippte sie mit dem Fuß und ihre Finger trommelten einen undefinierbaren Rhythmus auf ihrer blauen Schmetterlingstasche. Es fühlte sich wirklich nicht gut an, sitzen gelassen zu werden, lange würde sie sich das nicht mehr gefallen lassen. Sie hatte sich nach ihrem Tanztraining extra beeilt. Außerdem dachte sie gerade über eine grandiose Idee nach, die sie unbedingt mit ihrer Freundin besprechen wollte: Nachdem das Schulkonzert, das sie im Frühling mit den *King of Hearts* und anderen Bands organisiert hatte, so ein großer Erfolg gewesen war, wollte sie einen weiteren Gig in die Wege leiten. Im Frühling war eine Menge Geld zusammengekommen, das sie für krebskranke Kinder gespendet hatten. Diesmal sollte es einer Organisation zugute kommen, die gegen Walfang kämpft. Jasmin fand es fürchterlich, dass Wale gejagt werden, und sie versuchte, so viele Leute wie möglich zu mobilisieren, um etwas dagegen zu tun.

Ihr Handy unterbrach den Gedankenstrom. Sicherlich war das Tina, die sich mal wieder mit einer dummen Ausrede entschuldigen wollte. Jasmin schaute auf das Display und stutzte. Eine SMS. Aber die Nummer kannte sie nicht.

> **How's life?** Wie läuft's?
> **routine** Nummer

Hi Jasmin. ***How's life*** *in Germany? I'll never forget that break-dance* ***routine*** *of* *yours – it was* ***amazing. Fancy*** *coming to Bath? You could give me some free* ***choreography*** *tips!* ***How about it?*** *BFN Justin*

Schlagartig war Jasmin so aufgeregt wie vor einem Auftritt mit ihrer Tanzgruppe. Sie war irritiert über diese unerwartete Nachricht von Justin. Er war der Sänger von *King of Hearts* und sie hatte nichts mehr von ihm gehört, seit die Band und ihre Freunde wieder nach England abgereist waren. Das war Monate her. Justin war ganz schön eitel und selbstverliebt. Kein Wunder, denn die Mädchen waren scharenweise hinter ihm hergelaufen, besonders Jette alias Henriette – Jasmins Erzfeindin. Und doch fand Jasmin ihn irgendwie süß, sie hatte oft über ihn lachen müssen. Einmal hatte er es sogar gewagt sie zu küssen!

amazing erstaunlich
to fancy doing sth Lust haben, etw zu tun
choreography Choreographie
How about it? Wie wär's (damit)?
Things are great. Alles bestens.
a long way away weit weg
I'm not in the mood Ich hab keinen Bock
dance course Tanzkurs

Aber jetzt meinte er, sie würde mal eben einfach so ins Flugzeug steigen, nur um ihm choreografische Tipps für seine Auftritte zu geben? Ganz schön dreist.

Hi there. ***Things are great*** *here. Bath is* ***a long way away*** *and* ***I'm not in the mood*** *for giving you any free tips. Sorry! Don't you have any* ***dance courses*** *over there? Jasmin*

Ohne lang nachzudenken, drückte sie auf *Senden.* Eingebildeter Schnösel! Glaubt, er braucht bloß mit dem

Finger zu schnippen und alle stünden stramm. Der Ärger breitete sich gefährlich in ihr aus. Tina ließ sie sitzen, Justin wollte sie offenbar nur ausnutzen. Die ganze gute Laune, die sie eben noch beim Tanzen gehabt hatte, war dahin. Sie starrte auf ihre blaue Tasche mit den Schmetterlingen drauf, die Tina ihr vor kurzem geschenkt hatte. Wo blieb Tina bloß?

to put one's foot in it ins Fettnäpfchen treten

I'd love to ich würde sehr gern

Jasmins Gedanken wanderten wieder zurück zu Justin. War es nicht im Grunde nett von ihm, dass er ihr schrieb? Warum hatte sie sich eigentlich nie bei ihm gemeldet? Immerhin hatte sie mehr als einmal an ihn gedacht. Eine Woche lang hatte er bei ihr zu Hause gewohnt. Nun kam endlich ein Lebenszeichen von ihm und der Arme bekam ihre ganze schlechte Laune ab, für die er ja gar nichts konnte. Ob sie sie ihm noch mal schreiben sollte? Aber da piepste ihr Handy schon wieder.

Jasmin! Did I just ***put my foot in it****? Sorry!* ***I'd love to*** *see you again with or without free tips ... and that's the truth, Justin.*

Sie spürte ihr Herz hämmern. Er wollte sie sehen? Was sollte sie dazu sagen? Wollte sie ihn auch sehen?
Sie konnte nicht weiter darüber nachdenken, denn endlich kam Tina angerauscht wie ein Wirbelwind, ließ ihr Fahrrad mitten auf dem Weg stehen und hockte sich mit einem treuherzigen Hundeblick neben sie.
"Hallo, tut mir leid, aber ich habe Nicks Brief gelesen und darüber völlig die Zeit vergessen", entschuldigte

sie sich. "Ich werd noch verrückt, ich vermisse ihn so sehr. Verzeihst mir? Nur noch dieses eine Mal?"
"Du Ärmste, mit dir ist aber auch gar nichts mehr anzufangen. Liebe ist wohl eine echte Krankheit", erwiderte Jasmin mit mitleidtriefender Stimme. Sie schüttelte gnädig den Kopf und widmete sich wieder ihrem Handy. Tina sollte ruhig das Gefühl haben, sie bei etwas Wichtigem zu stören.

Sorry too, tippte sie. *Don't worry! I'm just* ***fed up with*** *my best friend who* ***happens to be madly in love*** *with your best friend. It's not your* ***fault****.*

Und weg damit. Sie würde ihm vielleicht später noch eine SMS schicken.
Tina biss an. "Wem schreibst'n da?"
Mit einem Achselzucken steckte Jasmin ihr Handy in die Schmetterlingstasche. "Justin. Der hat mir eben eine SMS geschickt", brummte sie beiläufig.
"Justin!", jubelte Tina erfreut. "Wie geht's ihm denn?"
Jasmin nuckelte an ihrem Shake. "Keine Ahnung. Das war nur eine kurze SMS. Er will, dass ich ihm Tanzunterricht gebe."
"Nein, wirklich?", rief Tina und rüttelte vor Freude so heftig an Jasmins Arm, dass ihr der Strohhalm aus der Hand flitschte und eine cremige Spur auf ihrer Jacke hinterließ. Mit der Serviette versuchte Tina schuldbewusst, den Spritzer zu entfernen, dabei sprudelte es nur so aus ihr heraus. "Das wär doch toll, Jasmin, stell dir vor, Nick und ich und du und Justin ..."

to be fed up with *hier:* genervt sein von
to happen to do sth zufällig etw tun
madly in love wahnsinnig verknallt
fault Schuld

Weiter kam sie nicht. Jasmin sprang auf und starrte ihre Freundin böse an. “Du hast wirklich nichts anderes mehr im Kopf als diese Typen! Willst du mich jetzt mit Justin verkuppeln? Der interessiert mich nicht die Bohne! Was hast du nur für ein Problem? Man kann mit dir über nichts anderes mehr reden als nur noch Nick, Nick und wieder Nick! In deinem Hirn muss es verdammt öde aussehen!”

Um sie herum war es still geworden und die Gäste der Eisdiele beäugten sie neugierig. Tina versuchte, Jasmin auf ihren Stuhl zurückzuziehen. “Ja, ich weiß, es tut mir leid”, flüsterte sie beschwichtigend. “Ich werde mir ab sofort Mühe geben, versprochen!”

“Mühe geben? Wobei?”, fauchte Jasmin, ohne sich um die Leute um sie herum zu kümmern. “Mühe geben, um ein ganz normales Gespräch über irgendwas anderes als Nick Gonzales zu führen? Ich bin schwer beeindruckt!”

“Ja, wirklich, das mache ich. Rede mit mir, worüber du willst, und ich verspreche dir ...”

“Ach, versprich lieber nichts”, winkte Jasmin ab und ließ sich wieder auf den Stuhl fallen. Sie schaute ihre Freundin an, die so betreten guckte, dass sie ihr plötzlich nicht mehr richtig böse sein konnte. Gerade wollte sie einlenken, als sich ihr Handy erneut bemerkbar machte.

So, Jasmin, when are you going to come to Bath? I miss you ... When will I see you again?

Jasmins Herz trommelte wild und unwillkürlich verzog sich ihr Gesicht zu einem Grinsen. Für einen Augenblick wunderte sie sich über das Tempo ihrer Gefühlsschwankungen.

In heaven, maybe, tippte sie leichtfertig ein, doch als die Nachricht unterwegs war, war es ihr plötzlich peinlich. Justin würde das garantiert falsch verstehen.
Sie blickte auf und musste plötzlich lachen, denn Tina verrenkte sich gerade fast den Hals bei dem Versuch, einen Blick auf das Display zu werfen.
“Das geht dich ü-ber-haupt nichts an, Schätzchen”, flötete Jasmin zuckersüß und zog ihr Handy weg.
Tina stutzte. “Seit wann hast du Geheimnisse vor mir?”
“Lese ich vielleicht deine Briefe von Nick?”, erwiderte Jasmin provozierend.
“Jetzt vergleichst du Nicks Briefe schon mit Justins Nachrichten an dich? Wow! Ist da vielleicht doch was zwischen dir und ...” Tina hielt inne und zog eine Grimasse.
Bevor Jasmin reagieren konnte, bremste sie schon wieder das piepsende Handy. Neugierig überflog sie die neue Nachricht.

directions
Wegbeschreibung

In heaven? Why not? That's a great idea! Let's meet there, then. Er ... can you e-mail me ***directions****? LOL*
Justin

Genau so etwas hatte sie von Justin erwartet. Sie empfand eine seltsame Mischung aus Empörung und prickelnder Aufregung.

But ***in the meantime*** *... are you planning another concert?*, wollte er noch wissen.

Jasmin stutzte. Das war ja geradezu Gedankenübertragung! Er hatte die gleiche Idee wie sie? Fast zur selben Zeit?
Innerlich aufgewühlt deponierte sie das Handy auf dem Tisch und schaute ihre Freundin an, die vor Neugier fast vom Stuhl fiel.

in the meantime
bis dahin

"Hast du zwei offene Ohren für eine neue Idee?", fragte sie verschwörerisch und rückte mit ihrem Stuhl näher zu Tina. Die nickte, wild entschlossen, für eine Weile nicht an Nick zu denken.
"Also, pass auf. Du findest es doch sicherlich auch nicht besonders toll, dass manche Länder immer noch den Walfang erlauben, obwohl die Wale vom Aussterben bedroht sind, oder?"
Tina sah sie verständnislos an. Sie war sichtlich irritiert über den unvermittelten Themenwechsel. Wie kam Tina von Justin plötzlich auf Walfang? Tina strich sich die Haare hinter die Ohren, während Jasmin unbeirrt fortfuhr. "Also, nach dem erfolgreichen Konzert im Frühjahr wäre es im nächsten Schuljahr dann wieder so weit! Und die Einnahmen gehen dieses Mal an ... na, rate mal!" Erwartungsvoll schaute Jasmin Tina an.
"An Wale?"
Jasmin musste kichern. "Nicht direkt. Wale können mit Geld nicht so sehr viel anfangen, aber an eine Organisation, die sich für Wale einsetzt", klärte sie ihre Freundin auf, die sich für einen kurzen Augenblick völlig

bescheuert vorkam. Aber dann lachte sie und Jasmin lachte mit.

Hi Justin, ***funny you should ask****. Do you like whales? I've got an idea for a great concert to help save the whales ... I'll tell you more later! Jasmin*

Funny you should ask. Komisch, dass du fragst.

Das klang doch vielversprechend.

HENRIETTE alias Jette

From: fuzzybear@kingofhearts.co.uk
To: jette@beautyfarm.de
Re: River **deep**, mountain high

Dear Henriette ...

Jette seufzte genervt. Immer redete Gerald sie mit vollem Namen an. Er fand ihn offensichtlich fantastisch, aber wenn er sie wirklich mochte, musste er doch Verständnis dafür haben, dass sie *Henriette* grässlich fand. Sie las zutiefst empört weiter.

I miss Germany a lot. I'd really love to ***go hiking*** *there one day – I love all those rivers and mountains! I'm really disappointed that Nick was the one who got the first chance to do a six-month* ***exchange*** *in Hamburg. I really* ***envy*** *him! IKYN. I'm learning as much German as* ***possible*** *and – I miss you! Auf Wiedersehen,* ***pet****!*

deep tief
to go hiking wandern gehen
exchange (Schüler)austausch
to envy beneiden
possible möglich
pet *hier:* Schätzchen

Jette runzelte die Stirn. Sie mochte Gerald zwar ganz gerne, er war irgendwie originell mit seinem Tick für Lederhosen, Tirolerhüte und Wanderstiefel. Aber für sie war am wichtigsten, dass er der Gitarrist von *King of Hearts* war. Seit die drei Jungen und ihre Freunde im

Frühjahr Hamburg besucht hatten, spukte ihr nur noch ihre zukünftige Karriere als Musikerin und Sängerin durch den Kopf. Daphne, eine Klassenkameradin von Gerald, hatte ihr zudem verraten, dass sein Vater ein Musikstudio besaß. Das war natürlich hochinteressant für Jette und ihre Ambitionen. Zu gerne würde sie als erste Austausch-Schülerin der Klasse für ein halbes Jahr nach Bath und dort zur Schule gehen. Abgesehen davon, dass ihr dann in Englisch niemand mehr das Wasser würde reichen können, hätte sie so ihrer Überzeugung nach endlich die Möglichkeit, ungestört mit den Jungen gemeinsam Musik zu machen. Vielleicht würde sie sogar in die Band aufgenommen werden oder könnte im Studio von Geralds Vater eine CD aufnehmen. Bei dieser Vorstellung leuchteten Jettes Augen und ihre Antwortzeilen fielen dementsprechend aus.

From: jette@beautyfarm.de
To: fuzzybear@kingofhearts.co.uk
Re: music sessions

Hi Gerald, I miss all of you too. I hope I can come to Bath in the summer. ***Up to now*** *I seem to be the only one in my class who's really interested in the exchange. Maybe the others are afraid of staying abroad* ***for such a long time*** *– but not me! I'd love to come, and my parents don't mind either. How I miss our music sessions – you and your guitar! Next week our teacher will finally decide which one of us can go to*

up to now bis jetzt
(for) such a long time so lang

Bath for six months. ***Keep your fingers crossed*** *that it'll be me! BFN. Jette.*

Geduldig las sie ihren Text noch einmal durch. Gerald durfte sich von ihr zwar ein wenig geschmeichelt fühlen, aber nicht zu sehr. Er sollte bloß nicht auf die Idee kommen, sie sei in ihn verliebt. Das wäre das Letzte. Der Einzige, der für sie in Frage kam, war Justin. Den hatte sie zwar nicht rumgekriegt, solange er in Hamburg war, aber es waren ja auch nur wenige Tage gewesen. Und immer in den unpassendsten Momenten war Jasmin aufgetaucht. Aber was nicht war, konnte ja noch werden, und wenn sie erst mal allein ein halbes Jahr lang in Bath sein könnte ...

Keep your fingers crossed!
Drück die Daumen!

Jette setzte sich vor den großen goldenen Spiegel über ihrer Kommode. Siegesgewiss lächelte sie ihrem perfekten Spiegelbild zu und flüsterte: “Spieglein, Spieglein an der Wand, wer ist die Schönste im ganzen Land?”
Justin würde mit absoluter Sicherheit früher oder später in ihren Armen landen. So viel war klar.

Meanwhile, IN BRITAIN ...

Es wurde bereits dunkel, als Mrs Gonzales die frisch gebackenen Scones auf einem großen Tablett stapelte. Ihr Mann hielt ihr die Tür des kleinen Bauernhauses in der Nähe von Bath auf und drückte ihr im Vorbeigehen einen Kuss auf die Wange. Mrs Gonzales lächelte und balancierte ihr Gebäck hinüber zur Scheune. Sie wunderte sich, denn normalerweise konnte sie immer schon vom Haus aus die Musik der *King of Hearts* hören, aber jetzt war alles still. Als sie vor dem Scheunentor angelangt war, hielt sie inne. Eigentlich wollte sie nicht lauschen, aber die lauten Stimmen der Jungen waren unüberhörbar. Sie stritten sich. Mrs Gonzales dachte, dass ein paar Leckereien für bessere Stimmung sorgen könnten, und öffnete das Tor.

meanwhile
mittlerweile

Als Erstes erblickte sie Justin. Seine blonde Mähne war ungewohnt zerzaust und er lief hin und her wie ein Tiger im Käfig. Als er Nicks Großmutter erblickte, breitete sich ein Lächeln auf seinem Gesicht aus. "Hey, Mrs Gonzales, your scones are the best", schwärmte er und ging auf sie zu, um ihr das Tablett abzunehmen.

Schnell hatte Nick ein paar Strohballen herangezogen. Auch er hatte sich offenbar aufgeregt, sein muskulöser Körper war angespannt wie der eines Löwen vor dem Sprung.

Mrs Gonzales setzte sich neben Gerald, der ihr im Moment eher wie ein ausgesetzter Kater vorkam. Bedröppelt saß er da und fächelte sich mit seinem Tirolerhut, den er über alles liebte, Luft zu.
"Is everything all right?" Mrs Gonzales blickte fragend zwischen ihrem Enkel und seinen Kumpels hin und her.
Justin lächelte und brachte mit dem kleinen Kamm, den er immer bei sich trug, seine Haare wieder in Ordnung. "Your scones are the best scones on Earth. I hope one day I'll get married to someone who can cook and bake like you!"
Mrs Gonzales war entzückt. Sie wusste natürlich um ihre außergewöhnlichen Talente in der Küche und freute sich immer ganz besonders, wenn es Nick und seinen Freunden bei ihr schmeckte.
Aber das war es eigentlich nicht, was sie hatte in Erfahrung bringen wollen. Was war los mit den Jungen? Nick wirkte, als müsste er sich sehr zusammenreißen, um nicht loszubrüllen. Das kannte sie nicht von ihm, Nick war sonst äußerst sanftmütig und geduldig.

awkward schwierig
tricky heikel
rehearsal Probe

"Is anything wrong?", fragte sie mit Blick auf ihren Enkel. Nick verschluckte sich fast bei dem Versuch, das zu verneinen.
Justin hingegen schien die Idee zu gefallen, Mrs Gonzales in ihre Sorgen einzuweihen.
"Well. It's all a bit **awkward**. You know that Nick wants to go to Germany for six months. But that means things are going to get **tricky** with the band. He won't really be part of it any more – no **rehearsals**, no gigs, nothing! And the thing is – I've finally found a great

agent for our band. She's even found a **producer** for an album, and who knows – we might even go on **tour**." Justin ereiferte sich, während Gerald auf seinem Strohballen immer kleiner wurde und Nick unablässig den Kopf schüttelte. "She says we have to make another **video**. It could make us world-famous ... but now Nick won't be here to help us ... So what can we do? How can I **persuade** him to stay?"

Erwartungsvoll schaute er zu Mrs Gonzales, aber bevor sie reagieren konnte, platzte Nick dazwischen.

"Well, **hard luck!** I'm not going to **cancel** my exchange just because you've met some new agent who's making all these promises. It's **pie in the sky**! I've told you a million times that I'm not going to change my mind! Leave Grandma out of this! If you want to be world-famous **right now**, you'll simply have to find someone to **replace** me."

Justin starrte ihn ungläubig an. "You're in love, aren't you? I just can't believe that a girl is more important to you than our band and your friends!"

"**You drive me crazy**, man!", brüllte Nick und sprang wütend auf. Gerald zuckte vor Schreck zusammen.

"**What about** you, Gerald? What do you think?", erkundigte sich Mrs Gonzales. Aber er schaute sie mit einem zutiefst verzweifelten Ausdruck im Gesicht an. "No idea", murmelte er.

producer Produzent(in)
tour Tournee
video Video-Clip
to persuade überreden
Hard luck! Pech gehabt!
to cancel absagen
pie in the sky Luftschlösser
right now jetzt sofort
to replace ersetzen
You drive me crazy. Du machst mich verrückt.
what about was ist mit

"He never says anything!", wetterte Justin. "He's got no opinions of his own. **He just sits there all goggle-eyed**!"

Mrs Gonzales versuchte, Justin zu bremsen. "**Calm down**, Justin. **If you're not careful**, you might say something that you'll **regret** later. Why are you being so nasty to Gerald? He can't do anything about it. This is something that you and Nick have to **sort out**", wiederholte sie ruhig und schenkte dem armen Gerald ein Lächeln.

Justin wollte sich jedoch nicht beruhigen lassen. "But why doesn't Gerald say anything? All he can do is **stuff himself** with scones while the *King of Hearts* **goes to the dogs**."

"What do you expect him to do?", erwiderte Mrs Gonzales nachdenklich. "**It's none of his business**."

Gerald nickte, erleichtert, aus dem Fokus von Justin zu sein. "She's right, man," erklärte er jetzt mutig. "I do want the band to go on, but I know that Nick has the right to do **whatever** he wants as well. If I were in love ...", und hier verklärten sich seine Augen, "...I would probably do the same as Nick ..."

Entgeistert glotzte Justin ihn an, als sei er völlig verrückt geworden.

"Don't **glare at** Gerald like that, Justin", rügte ihn Mrs Gonzales.

He just sits there all goggle-eyed. Der sitzt bloß rum und glotzt blöd.
to calm down sich beruhigen
if you're not careful wenn du nicht aufpasst
to regret bereuen
to sort out lösen
to stuff o.s. sich vollstopfen
to go to the dogs vor die Hunde gehen
It's none of his business. *Hier:* Es ist nicht sein Problem.
whatever was auch immer
to glare at sb jdn anfunkeln

Nick lief hin und her. "**My mind's made up**, Justin. If that agent wants to work with us, she'll have to wait. Otherwise, as I've said, you'll just have to look for another drummer." Er ging zu den Verstärkern und drehte an den Knöpfen, um sie auszuschalten. Justin starrte auf den Boden. Niemand sagte mehr etwas. Die Entscheidung war gefallen.

My mind's made up. Ich hab mich entschieden.

TAKING THE PLUNGE

"We have to decide who's going to go to Bath for six whole months", begann Mrs Winter ihre Unterrichtsstunde.
Tina gähnte. Sie hatte die ganze Nacht nicht geschlafen, sondern in Nicks Briefen gelesen. Sie sehnte sich nach seiner Stimme und überlegte, ob sie ihn am Wochenende einfach mal anrufen sollte. Mrs Winter warf ihr mehrmals warnende Blicke zu, weil sie nicht aufpasste.
Jasmin aber war hellwach. Sie hätte nicht erklären können, warum dieser Gedanke so plötzlich da war, aber bei der Bemerkung ihrer Lehrerin war ihr auf einmal in den Sinn gekommen, *sie* könnte doch für ein halbes Jahr nach England gehen! Warum eigentlich nicht? Tina würde sie kaum vermissen, die würde sowieso nur mit ihrem Nick herumhängen. Und das Konzert für die Rettung der Wale könnte sie auch noch danach organisieren, vielleicht sogar gemeinsam mit Justin und der Band ...

to take the plunge
den Sprung wagen

Jasmin dachte fieberhaft nach. Wie würden ihre Eltern darauf reagieren? Sollte sie es jetzt sofort Mrs Winter sagen? Oder müsste sie erst mit ihren Eltern oder Tina darüber beraten? Wollte sie es wirklich oder war das nur eine plötzliche Schnapsidee? Aber die Vorstellung gefiel ihr immer besser.
Mrs Winter hatte gemeinsam mit Mrs Fletcher den Schüleraustausch initiiert. Gerade fragte sie, ob außer

Jette denn wirklich niemand Interesse daran habe. Jasmin meldete sich.
"Um ... I'd like to go!"
"What? You, Jasmin! Are you interested in going to Bath?"
"Yes, I'd love to live in England for a **while**."

while Weile
to draw lots Lose ziehen

In der Klasse war es plötzlich mucksmäuschenstill. Alle starrten Jasmin an. Nur ein "No!" war zu hören und das kam von Jette. "No way!", konstatierte sie drohend und stand langsam von ihrem Sitz auf. "It's not fair. I decided weeks ago that I wanted to go, and my parents have already said yes. You've left it too late. I'm the one who's going to go to Bath."
Gefährlich lächelnd sah Jette Jasmin an.
Jasmin hielt dem Blick stand.
"Well, actually, Jette", korrigierte Mrs Winter mit bestimmtem Ton, "I think the fairest way to decide is to **draw lots**."
Jette starrte ihre Lehrerin ungläubig an.
"But you can't do that. It's not fair at all. I mean, my parents have made plans now and ..."
Tina war jetzt auch wach. Sie hörte ihrer Lehrerin nicht zu, sondern versuchte zu begreifen, was ihre Freundin da gerade vorgeschlagen hatte. Sie wollte für ein halbes Jahr weg? Ungläubig beobachtete sie Jasmin, die vor Aufregung glühte.
"Hey, Jasmin", flüsterte sie. "Warum hast du mir nichts davon gesagt?"
"Weil es mir selbst gerade erst eingefallen ist", raunte Jasmin zurück.

OFF WE GO!

Jasmins Ohren rauschten. Ihr Vater saß schweigend am Steuer und konzentrierte sich auf die Fahrbahn, ihre Mutter hingegen sabbelte seit Beginn der Reise auf sie ein.

Voller Aufregung hatte sie den Ferien entgegengefiebert. Sie hatte ihre Koffer ein- und wieder aus- und wieder eingepackt. In England begannen die Ferien erst in einer Woche und sie würde noch bei irgendeinem Projekt mitmachen. Das hatte Daphne ihr gemailt. Nick würde auch heute schon nach Hamburg fliegen um die Ferien mit Tina, ihrer Mutter und Großmutter auf Sylt zu verbringen, und auf diese Weise noch möglichst viel Deutsch zu lernen bevor die Schule wieder beginnen würde.

Off we go!
Los geht's!

Jasmin seufzte. Ihre Eltern hatten es sich natürlich nicht nehmen lassen, sie nach Calais zu fahren, von dort aus wollte sie mit dem Schiff nach Dover übersetzen. Sie hatte unbedingt mit dem Schiff fahren wollen, das war doch viel aufregender als ein banaler Flug. Außerdem schonender für die Umwelt, dachte Jasmin. In England würde sie dann von Daphne und ihrer Mutter abgeholt. Jasmin hoffte insgeheim, dass die nicht so viel quatschen würden wie ihre Mutter gerade.

Daphne hatte sich riesig gefreut, als sie von Jasmins Plan erfahren hatte, und sofort angeboten, dass sie bei ihr wohnen könnte.

“Hast du auch wirklich nichts vergessen?” Schon wieder so eine Frage. Und im Anschluss folgte wohl zum hundertsten Mal eine Aufzählung all der Dinge, die ihre Mutter für lebenswichtig hielt.
“Du kannst ihr ja ein Päckchen schicken, wenn es all das in Bath nicht zu kaufen gibt”, versuchte der Vater einzulenken. Aber er wurde nicht erhört.
“Hast du die Tasche mit dem Brot für Mrs Mahoney?”
“Wie oft willst du mich das denn noch fragen?”, seufzte Jasmin.
Tina hatte Daphnes Mutter auf den Geschmack gebracht, und von da an war sie in Leidenschaft für die Schwarzbrotwelt entbrannt. Und so befand sich auf dem Sitz neben Jasmin eine große Tasche voll eingeschweißtem Pumpernickel. Das würde vermutlich ein ganzes Jahr lang reichen, dachte Jasmin genervt. Dazwischen hatte sie einige Päckchen selbst gebackene Kekse gestopft. Jasmin liebte Süßes und sie backte für ihr Leben gern. In einem kleinen Buch sammelte sie Rezepte und probierte ständig neue Kekssorten aus.
“Wenn du Geld brauchst, ruf uns sofort an, hörst du?”
Das war der beste Satz auf der gesamten Fahrt von Hamburg nach Dover.
“Mach ich, Mum!”

LONG TIME No See

Zur selben Zeit trat Tina auf dem Hamburger Flughafen von einem Bein auf das andere. Der Abschied von ihrer besten Freundin war überlagert gewesen von ihrer Vorfreude auf Nicks Ankunft. Ihre Hände waren schweißnass, obwohl es am Flughafen eher kühl war. Sie hatte zwei Stunden benötigt, um das richtige Outfit für den Empfang zu finden.

"Aufgeregt?" Ihre Mutter zwinkerte ihr zu.

"Klar, was denkst'n du?"

Tina grinste. *Aufgeregt* war gar kein Ausdruck. Für dieses Gefühl gab es schlicht keine Worte. Gleich sollte es so weit sein: Nick würde vor ihr stehen, bei ihr sein, neben ihr gehen, bei ihr bleiben! Ein ganzes halbes Jahr!

Die Schiebetür ging auf.

"Das ist er", wisperte Tina.

Er blieb stehen und scannte die Wartenden ab.

Long time no see. Lange nicht gesehen.

Tinas Großmutter rief laut: "Nihick! Huhu! Nihick!"

Als Tinas und Nicks Blicke sich trafen, war das wie ein elektrischer Schlag. Jedenfalls stellte sich Tina einen elektrischen Schlag so ähnlich vor. Nur nicht so angenehm natürlich.

Langsam kam er auf sie zu, dann standen sie sich tatsächlich gegenüber. Die Oma schüttelte Nicks Hand mindestens eine Minute lang. "Hello and welcome

back to Germany, Nick. We hope you had a wonderful trip! And we're very happy that you're staying with us! Welcome!"
Während ihre Großmutter mit ihm redete, sah Tina ihn nur an, sie konnte ihren Blick nicht von ihm wenden, es war so aufregend, ihn zu sehen.
"Guten Tag, Mrs Tarkowski. Ich bin ... Oh, **drat** – I can't remember any of my German. I hope you don't mind if I speak English for now? Thank you – I had a very nice flight. And I'm really looking forward to staying with you."
Tinas Mutter begrüßte ihn als Nächste. Tina kam es vor wie eine kleine Ewigkeit, bis er sich endlich ihr zuwandte. "Hi, Tina, it's great to see you again!"

Drat. Verdammt.

Tina warf ihm die Arme um den Hals.
"Hello, Nick! You're finally here! I can't believe it – I'm so happy! Welcome to Hamburg, Nick ..." Wie ein Wasserfall sprudelten die Worte aus ihr heraus.
Verliebtsein ist völlig verrückt, dachte sie albern, während sie lachend und scherzend dem Ausgang zustrebten.

JETTE allein zu Haus

Jette saß vor dem Spiegel und verzog wutentbrannt ihr hübsches Gesicht.

"Was nützt dir all deine Schönheit, wenn das Schicksal gegen dich ist?", beschimpfte sie ihr Ebenbild.

Noch Wochen nachdem die Entscheidung gefallen war, kam sie nicht darüber hinweg, dass nun Jasmin nach Bath unterwegs war und nicht sie. Im Augenblick sah es ganz so aus, als hätte sie dieses Spiel endgültig verloren. In ihr bohrten böse Gedanken.

"Aber eines Tages", flüsterte sie und erhob dabei drohend ihren Zeigefinger, "eines Tages werde ich mich rächen. Wartet es nur alle ab!"

HOMESICK and Seasick

"Uarg, ist mir schlecht", flüsterte Jasmin nach einer halben Stunde auf dem Schiff. Ihr war hundeelend. Aber leider hatte sie noch eine längere Fahrt auf diesem verflixten Schiff vor sich. Das hatte sie sich anders vorgestellt. Auch andere Gesichter um sie herum sahen etwas gequält aus. "Let me through! I think I'm going to be sick!", sagte ein kleiner Junge, der neben ihr gesessen hatte, und drängte sich an ihr vorbei in Richtung Toilette.

to be homesick Heimweh haben
seasick seekrank

"Ach ...", seufzte Jasmin. Wie gern wäre sie jetzt in ihrem Bett und ließ sich von ihrer Mutter ein Süppchen bringen und den Fernseher ins Zimmer rollen. Aber nun war sie allein. Mutterseelenallein auf diesem fürchterlichen Schiff.

Sie öffnete ihre Schmetterlingstasche, vielleicht hatte ihr ihre fürsorgliche Mutter ja ein paar Reisetabletten zugesteckt? Jasmin riss die Augen auf und vergaß für einen Moment ihre Übelkeit: Da war ein Päckchen! Sie zog es hervor. Auf dem Papier stand: "Damit du uns ab und zu ein paar Fotos mailen kannst!" Sie riss es auf und hielt eine brandneue Digitalkamera in den Händen. Jasmin war überwältigt. Das mussten ihr die Eltern beim Abschied heimlich in die Tasche geschmuggelt haben. Auch wenn ihre Mutter manchmal anstrengend war, so war sie doch verdammt in Ordnung. Und da war ja noch ein Paket, offenbar ein Buch. Sie öffnete es und hielt ***Alice in Wonderland*** in den Händen. Jasmin stiegen Tränen in die Augen. Ihr Lieblingskinderbuch auf Englisch. Leider war ihr gerade viel zu übel, um darin zu lesen.

Plötzlich tauchte ein junger Typ neben ihr auf. “Feeling sick?”

Jasmin schüttelte den Kopf. “No. Not at all”, sagte sie und lief weiter, die Hand zur Sicherheit an der Reling. Sie war nicht nur allein, sie würde auch bald nur noch auf Englisch kommunizieren können. Für einen Moment ergriff sie die Panik. Auf was hatte sie sich da nur eingelassen?

Der Typ war ihr gefolgt und bot ihr Cola und Chips an. “Have some Coke and crisps! Maybe that'll help.”

Irgendwie war er gar nicht so übel. Sie lächelte und biss auf einen Kartoffelchip. ‘Salt and Vinegar’ stand auf der Packung. Ihr Magen revoltierte.

Alice in Wonderland *Alice im Wunderland*

“Are you from France?”, wollte der Typ jetzt wissen.

“No, I'm German.” Immerhin lenkte sie das Gespräch ein wenig von ihrer Übelkeit ab.

“Oh. Do you speak English well?”

Sie schüttelte den Kopf. “Only a bit.”

Er nickte verständnisvoll und hielt ihr wieder die Tüte hin.

Als sie mit einem gequälten Lächeln ablehnte, verabschiedete er sich achselzuckend und zog von dannen.

Jasmin beugte sich über die Reling.

Danach fühlte sie sich etwas besser.

Don't Bite MY HEAD OFF!

"Jasmin!"
Von irgendwoher rief jemand ihren Namen. Jasmin suchte mit leicht verschleiertem Blick den Anleger ab, sah jedoch nichts als unzählige bunte Schirme. Es regnete in Strömen. Das fing ja gut an. Weiter und weiter lief sie, bis ihre Füße endlich festen Boden fühlten. Dann ließ sie alle Taschen fallen und setzte sich auf einen Koffer. Es war ihr egal, wie nass die Sachen wurden, sie würde mit all dem Gepäck jedenfalls keinen Schritt mehr machen.

> **Don't bite my head off!** Reiß mir nicht den Kopf ab!
> **soaking wet** klitschnass
> **glad** froh

Ein paar Leute umringten sie.
Als Erstes erkannte sie Mrs Fletcher, die Deutschlehrerin in Bath. Sie trug ein riesiges Regencape.
"Is that you, Jasmin? Hello, dear. You're **soaking wet**, you poor thing!"
Dann tauchte Daphne auf, begrüßte sie begeistert und hielt schützend ihren Schirm über sie.
Endlich hörte sie auch Justins Stimme: "Hi, Jasmin. It's me, Justin."
Jasmin hob den Kopf. Gut sah er aus, selbst mit nassen Haaren.
"Hello, everybody", hauchte sie, und ließ den Kopf gleich wieder sinken. Sie fror und ihr war immer noch übel. "I'm **glad** to see you all."
Justin ging in die Hocke und strich ihr eine nasse

Strähne aus der Stirn. "I'm happy too and I've got butterflies in my tummy – that's what we say in English when we're nervous", flüsterte er so leise, dass nur sie es hören konnte.

kiss Kuss
as long as solange
grumpy grantig

"Just like in German", murmelte sie zurück, "Schmetterlinge im Bauch." Aber in ihrem Bauch war gerade alles andere als eine Schmetterlingsparty im Gange.

"Welcome to Britain, Jasmin!" Daphne schob Justin energisch zur Seite und legte eine lila Jacke über Jasmins Schulter. "Can't you see she's soaking?" Diese Jacke konnte nur Daphne gehören, denn sie biss sich hervorragend mit ihren pink gefärbten Haaren.

Justin drängte sich zurück zu Jasmin, beugte sich vor und küsste sie mitten auf den Mund. "Hm, that's nice! We call that stealing a **kiss**", brüstete er sich stolz und grinste übers ganze Gesicht.

Jasmin fühlte sich überrumpelt, er schien es wohl nicht nötig zu haben, sie um Erlaubnis zu fragen! "Well, **as long as** that's all you'll be stealing!", bemerkte sie schnippisch und suchte ihre Schmetterlingstasche. Die lag neben ihrem Koffer und sah erbärmlich nass aus. Jasmin untersuchte, ob ihre neue Kamera und das Buch schon unter der Feuchtigkeit gelitten hatten. Erleichtert stellte sie fest, dass die Tasche den Regen bislang abgehalten hatte. Langsam versuchte sie aufzustehen.

"You're a bit **grumpy**", murmelte Justin beleidigt. "There's no need to bite my head off just because I kissed you."

for once ausnahmsweise mal
luggage Gepäck
beetle Käfer
to fit in reinpassen

Jasmin zuckte nur mit den Achseln. War sie etwa ungerecht gewesen mit ihrer Bemerkung?
"She's got a right to say what she thinks. I like that", verteidigte Daphne ihren Gast und zog Jasmin von Justin weg. "Justin, why don't you be a gentleman **for once** and bring the **luggage**!", rief sie über die Schulter.
"We brought my mother's car", erklärte sie Jasmin. "We thought Mrs Fletcher's **Beetle** might be too small for all of us and your luggage."
Jasmin seufzte dankbar, während sie neben Daphne hertrottete. Ihre Gedanken schweiften zurück zu Justins Kuss. Warum hatte sie Justin so angeschnauzt? Was war so schlimm daran, dass er sie geküsst hatte? Sie hätte sich nie getraut! Musste sie denn immer gleich so heftig reagieren?
Hinter sich hörte sie Justin und Mrs Fletcher über das viele Gepäck schimpfen. "We'll be lucky if we can get all the luggage to **fit in**", stöhnte Justin.
Bei dem alten Range Rover von Daphnes Mutter angekommen, versuchten er und Mrs Fletcher, die Koffer und Taschen so im Kofferraum zu verstauen, dass die Klappe noch zuging.
Jasmin beobachtete ihn und war plötzlich glücklich, hier zu sein. Ihr Magen rebellierte zwar schon wieder, aber das würde hoffentlich nicht mehr lange dauern.
"This is going to be the best six months of my life, ever", flüsterte sie Daphne zu, die sie mit schiefem Mund unter ihren wild abstehenden rosa Haaren angrinste und ihr ein Handtuch anbot.

In dem Moment lief eine Frau aufgeregt an ihnen vorüber, sie schien jemanden zu suchen. Als sie kehrtmachte, schubste sie Jasmin, sodass sie geradewegs in Justins Armen landete. "Sorry!", rief die Frau und rannte weiter.
"Sorry!", erwiderte Justin.
Jasmin schaute ihn verblüfft an. "Why did you say sorry? It was her fault!"
Justin antwortete ihr nicht sofort, sondern hielt sie fest in seinen Armen. Er schien den Moment richtig zu genießen. Dann seufzte er. "Oh, we always say 'sorry' here when someone **bumps into** you **accidentally**."
"What a strange **custom**", murmelte Jasmin.
Oje, hatte sie vielleicht schon wieder etwas Unfreundliches gesagt?
"Sorry, Justin. **I didn't mean to** be rude. I was seasick the whole time ... Oh well, I guess that means I'll have to cancel my plans to sail around the world **single-handedly**."

to bump into sb jdn anrempeln
accidentally aus Versehen
custom Brauch
I didn't mean to ich wollte nicht
single-handedly im Alleingang
You're just kidding. Du nimmst mich bloß auf den Arm.

Immerhin hatte sie ihren Humor nicht ganz verloren.
"You want to sail around the world?"
Justin hatte ihren Scherz doch tatsächlich ernst genommen. Sie grinste so frech, wie sie es mit diesem verkorksten Magen nur fertigbrachte.
"Oh, **you're just kidding**", seufzte er. "You're as bad as my twin sister Cathy. Remember her?"
Natürlich erinnerte sich Jasmin an Justins Zwillingsschwester. Immerzu schminkte sie sich und machte

dumme Bemerkungen. Aber sonst war sie in Ordnung. Nur zögernd löste Justin die Umarmung auf, um das restliche Gepäck einzuladen. Mrs Fletcher setzte sich ans Steuer und ließ bereits den Motor an.

Als sie losfuhren, stand nur die Tasche mit dem Brot zwischen ihr und Justin auf dem Rücksitz. Theoretisch hätte das sehr romantisch werden können, aber Jasmin fühlte sich nach wie vor gar nicht wohl. Vielleicht würde ein bisschen Schlaf helfen.

Justin kämmte sein volles blondes Haar und plauderte drauflos. "You'll have a good time in Bath. I've met this agent and she wants to make us really famous – world-famous!"

gone weg
for a change zur Abwechslung

Jasmin schloss die Augen.

"At first I was angry when Nick left, but then I thought of you, Jasmin. I've had a great idea. Now that Nick's **gone**, we'll need an extra person in the band. A girl, **for a change**. And you're the right person."

"But I can't play the drums!", brachte Jasmin gequält hervor.

Justin schüttelte den Kopf. "No problem! You can dance! Everybody will love you!"

Im Augenblick war es Jasmin vollkommen egal, welche Pläne er mit ihr hatte, man würde sehen. Sie hielt sich die Hand auf die Magengegend. Hoffentlich musste sie sich nicht noch mal übergeben.

Als Justin jetzt eine Chipstüte aufriss, stieg ihr der Duft in die Nase und erinnerte ihren Magen an die Chips des Jungen auf dem Schiff. Justin streckte ihr die Tüte entgegen.

"No, thanks. **I don't feel like** crisps at the moment", lehnte sie so freundlich wie möglich ab. Wie konnte sie ihm nur klarmachen, dass sie ihre Ruhe haben wollte, ohne ihn wieder vor den Kopf zu stoßen?

Mrs Fletcher schaute kurz über ihre Schulter. "Justin, I've got a lunchbox here for all of us. Jasmin must be hungry."

Jasmin war alles andere als hungrig, aber vielleicht würde ein bisschen Essen doch helfen. Hauptsache keine Chips.

Daphne reichte eine Dose nach hinten, und Justin hielt sie ihr geöffnet hin. Sie warf einen Blick auf das Angebot: weißes Toastbrot, fingerdick mit Butter und Marmelade bestrichen, Fruchtgetränke mit maximal drei Prozent Fruchtanteil, vakuumverpackte grellrote Äpfel, knallbunte Schokoriegel und ein gutes Dutzend Chips-Tüten!

Seufzend ließ sie sich zurückfallen.

"What **flavour** do you like?", erkundigte sich Justin. "Roast chicken, cheese and onion, **smokey bacon**, sweet and sour?"

Jasmin wurde schon wieder schlecht. "There are so many flavours over here. In Germany we only have one or two. Thanks anyway but I'm not hungry. Actually, I think I'll have a **nap** ..."

"Jasmin? You seem a little ... **spaced out**." Justin hatte sich jetzt über die Tasche gebeugt. Sein Gesicht war ganz nah und sein Atem transportierte Chipsgeruch. "What's wrong?"

Daphne drehte sich um und maulte Justin an.

"I'm not surprised she looks spaced out, Justin. She

I don't feel like mir ist nicht nach
flavour Geschmacksrichtung
smokey bacon Räucherspeck
nap Nickerchen
spaced out weggetreten

has been travelling for so many hours. She must be exhausted. Leave her alone for a while!"
Justin ignorierte Daphne und seine Hand suchte die ihre, Jasmin öffnete die Augen und schaute ihn an.
"Jasmin, you've got the most wonderful eyes on this planet ... they look like a **crystal** stream ..."
Jasmin wünschte, ihr wäre nicht so übel. Sie schloss die Augen wieder und murmelte, "Alter Schmeichler."
"What does that mean?", hakte Justin nach.
Jasmin fiel das Wort für Schmeicheln nicht ein, nur eine Redewendung, die sie neulich von Mrs Winter gelernt hatte: jemandem Honig ums Maul schmieren.
"Are you trying to butter me up?", sagte sie laut.
Das war eigentlich freundlich gemeint, deshalb riss sie überrascht die Augen auf, als Justin ihr ruckartig seine Hand entzog und entrüstet reagierte.
"**Batter** you? I would never batter anyone. **Certainly** not a woman."
Jasmin wusste beim besten Willen nicht, was sie nun wieder falsch gemacht hatte.

crystal Kristall
to batter verprügeln
certainly ganz bestimmt

Glücklicherweise mischte sich Mrs Fletcher ein, die der Unterhaltung zugehört hatte.
"Calm down, Justin. She said *butter*, not *batter*. She wanted to know if you were trying to *butter* her up – not *batter* her!"
Jasmin nickte, in vollem Vertrauen auf Mrs Fletchers Übersetzungskünste. "That's what I meant."
"It's just her German accent, Justin", erklärte die Deutschlehrerin. Und dann fügte sie für Jasmin hinzu: "*Butter up* means *schmeicheln*, but *batter* means *verprügeln*."

Jasmin schluckte. "Oh, I'm really sorry, Justin. **No matter what** I think of you, I would never accuse you of battering women!"
Justin sah sie mit einem Ausdruck an, als ob er sie für völlig verrückt hielt.
"Sorry, Justin, I meant to say something nice but ..."
Sie fuhr nicht weiter fort. Es war alles so unglaublich anstrengend. Sie wusste nicht, was schlimmer war, ihre Übelkeit oder ihr Unvermögen, die richtigen Worte zu wählen. Was hatte sie denn jetzt wieder gesagt? Egal was ich von dir halte, aber ich glaube nicht, dass du Frauen verprügelst. Stimmt, das klang wirklich nicht besonders nett.
"Why are you always biting my head off?", fragte er. Er schien ziemlich verletzt zu sein.
Jasmin nahm all ihre Energie zusammen. "Sorry, Justin, I didn't mean to hurt you ... um ... bite your, um ... head off. All I meant to say was ... I hate Schleimer ... um, I mean ..."
Abrupt wendete sich Justin ab. "**No need to** translate that. I know what **slime** is. You're comparing me to a **snail** or a **slug**, aren't you?"
"Ojemine", hauchte Jasmin nur noch. Sie hatte wohl alles falsch gemacht, was man falsch machen konnte. Unglücklich schloss sie die Augen und lehnte sich im Sitz zurück.

no matter what egal was
no need to *hier:* du brauchst nicht
slime Schleim
snail Schnecke
slug Nacktschnecke

Den Rest der Fahrt schwiegen sie. Justin schaute demonstrativ auf der anderen Seite zum Fenster hinaus und sie wagte nicht, ihn noch einmal anzusprechen.

HOME Sweet HOME

"Here we are at last ..." Mrs Fletcher hatte den alten Rover geparkt und stieg aus. Daphne war bereits unterwegs, um ihre Mutter herauszuklingeln.
Jasmin war immer noch leicht übel.
Justin nutzte den kurzen Augenblick ihrer Zweisamkeit. "What is it with you, Jasmin? Why aren't you like the other girls I know? Everything I do seems to be wrong." Er redete ganz leise und ohne sie dabei anzusehen.
Jasmin richtete sich auf. Sie hatte keine Ahnung, was er eigentlich von ihr wollte. War er verliebt oder wollte er sie nur für seine Band gewinnen? Und sie wusste ebenso wenig, was sie selber wollte. Nur verletzen wollte sie ihn ganz bestimmt nicht.
"Justin, please, I didn't mean to hurt you. I'll help you **work out** some mega-cool choreography for the band. Something that will **wow** your new agent. I already know which dance steps I'll **include**." Ihre Hand suchte jetzt seine. "I really want to help you do this video. Thank you for asking me. I feel really ..." Sie hielt inne, um jetzt nicht wieder an einer falschen Aussprache zu scheitern "...*buttered* up. And I mean that in a positive way."
Justin strahlte sie an und Jasmin durchfuhr der Gedanke, dass sie gerade nirgendwo anders sein wollte, als an seiner Seite. Die Tasche mit dem Schwarzbrot zwischen ihnen war definitiv im Weg.

to work out
ausarbeiten
to wow sb
jdn begeistern
to include *hier:*
einbauen

"Thanks, Jasmin. Thanks for not biting my head off. I'm really happy that you're here."
Dann beugte er sich über das Brot hinweg zu ihr und küsste sie. Und Jasmin küsste ihn auch. Sie hatte plötzlich das Gefühl, in einen großen, warmen, ruhigen See einzutauchen. Sie hätte ihn ewig so küssen können.

Aber Daphne mit ihren glitzernden fünf Ohrringen hatte natürlich nichts Besseres zu tun, als die Tür aufzureißen und zu rufen: "Here we are! Welcome to Bath!"
Jasmin und Justin lösten sich nur ungern voneinander. Zögernd kletterten sie aus dem Auto. Justin beschäftigte sich mit Jasmins Gepäck, während Jasmin sich umsah.
"Bath is a city **built** on seven hills, just like Rome", erklärte Mrs Fletcher. That's why the streets here are so steep."

to build (built, built) bauen
I'm afraid leider
away on business geschäftlich unterwegs

Daphne lebte in einer schmalen, ansteigenden Straße mit Reihenhäusern. Jede Haustür war in einer anderen Farbe gestrichen, ansonsten glichen sich die Häuser fast wie ein Ei dem anderen. Daphnes Haustür leuchtete blau. Sie flog auf und eine Frau kam herausgelaufen. Sie sah Daphne ähnlich, nur dass sie älter war und blond statt pink.
"Welcome to Bath, Jasmin! Daphne's already told me so much about you. I feel as if we already know each other." Sie schüttelte Jasmins Hand. "**I'm afraid** Daphne's dad is **away on business** this week", fügte sie hinzu. "So it's just us women for now!"

Eine schwarze Katze war ihr gefolgt und strich um Daphnes Beine. “That must be Jupiter”, stellte Jasmin fest.
Daphne griff nach dem Kater und hob ihn hoch. “Ssh, Jupiter. This is my friend Jasmin from Germany.” Jasmin streichelte ihn liebevoll und er begann genießerisch zu schnurren.
Mrs Fletcher, die in der Zwischenzeit mit Justin Jasmins Taschen und den Koffer ins Haus geschleppt hatte, wollte sich jetzt von ihr verabschieden. “Well, Jasmin, you’ve had a long trip. You look a little **pale**. Have you eaten anything?” Sie schaute auf den Rücksitz des Rovers, der vollgemüllt war mit leeren Chipstüten. Justin musste, während Jasmin geschlafen hatte, alle Chips verdrückt haben. Mrs Fletcher und Jasmin lachten.

pale blass
supper Abendessen
to fatten sb up jdn auffüttern
bun süßes Brötchen
myself selbst

“No, I haven’t. But I think Justin was hungry.”
Mrs Fletcher nickte ihr freundlich zu und wendete sich dann an Mrs Mahoney. “I’m sure you’ll give her a nice **supper**. I think we’ll have to **fatten** her **up**. Lots of scones, Sally Lunn **buns** – those are what Bath is famous for, after all – fish and chips, roast beef ... oh, I’d better stop – I’m getting hungry **myself**. Come on Justin! I’ll drive you home.”
Justin, der gerade versuchte, den Rücksitz von dem ganzen Müll zu befreien, war das gar nicht recht. “But I’d like to talk to Jasmin about ...”
“There’s nothing that won’t wait until tomorrow”, unterbrach ihn Mrs Fletcher freundlich, aber unnachgiebig. Dann packte sie ihn am Ärmel und bugsierte

ihn zu ihrem Käfer, der vor der Garage parkte. "Well, see you tomorrow then!", verabschiedete sich Justin und warf Jasmin einen Kuss zu.

Mrs Fletcher rief ihr beim Einsteigen noch nach: "**Sleep tight**, Jasmin, and don't forget that you've still got school next week. We **break up** a week later than you do in Germany. Oh yes – and don't forget to **put** yourself **down for** the **conservation** project either. Mr Mason – the Biology teacher – is organizing it. Daphne will tell you all about it."

"Okay, I'll do that, Mrs Fletcher – thank you", antwortete sie.

Daphne und ihre Mutter nahmen Jasmin in ihre Mitte und gingen mit ihr ins Haus. "What's that conservation project, Daphne? Is it anything to do with the **Conservative Party**? We've been learning a bit about English **politics** at school."

Daphne grinste. "No, it's nothing to do with **political** parties. It's a sort of project that we do every year in the summer. Conservation is about saving **rare** animals or plants. There are a lot of **endangered species** in Britain and each year we choose a few and try to help them. Last year I adopted a **dormouse**!"

"A door-mouse?"

Jasmin wunderte sich. Eine Türmaus? Was war das für eine Mäuseart? Aber sie konnte keine ihrer Fragen loswerden, da sie schon wieder einen Anfall von Übelkeit bekam, diesmal besonders heftig.

Sleep tight. Schlaf gut.
to break up aufhören
to put o.s. down for sth sich für etw eintragen
conservation Naturschutz
Conservative Party Konservative Partei
politics Politik
political politisch
rare selten
endangered gefährdet
species Art
dormouse (*pl.* **dormice**) Haselmaus

"Can I use your bathroom, please?" fragte sie gequetscht.
Besorgt nickte Mrs Mahoney.
"Are you feeling sick? The bathroom is upstairs, first on the left. **Next door to** your room."
Jasmin eilte die Treppen hinauf und verschwand im Badezimmer. Sie schloss die Tür hinter sich ab und kam gerade noch rechtzeitig an der Toilette an.
Danach ging es ihr spürbar besser und sie hoffte, dass es das letzte Mal war, dass sie sich heute übergeben musste.
Sie wusch ihre Hände und erschrak, als sie ihr leichenblasses Spiegelbild erblickte.
Daphne klopfte an die Tür. "Are you okay?"
"Yes, I'll be out in a minute."
Sie spülte den Mund aus, trank einen Schluck Wasser und schaute sich um. Das Bad kam ihr eigenartig vor, aber es dauerte einen Augenblick bis sie begriff, woran das lag: Der Fußboden war komplett mit Teppich ausgelegt. Seltsam, diese Briten! Sie seufzte und schloss die Tür auf.

next (door) to neben
covered in voller
duvet Federbett

Daphne hockte fingernägelkauend auf der Treppe und erwartete sie. "Feeling better?", erkundigte sie sich voller Mitgefühl.
Jasmin nickte. "Much better, thanks."
"Do you want to see your room now?" Daphne führte Jasmin in ein kleines Zimmer neben dem Bad, das Blümchenzimmer, von dem Tina oft erzählt hatte.
Jasmin seufzte und setzte sich aufs Bett. "It's just like Tina said – everything's **covered in** flowers! A **duvet**

with red **poppies** on it, **forget-me-nots** all over the curtains and white and yellow daisies on the rug. If I were a butterfly ..."

In diesem Moment fiel ihr die Schmetterlingstasche ein! Wo war sie? Sie hatte hinten auf dem Rücksitz gelegen, irgendwo zwischen all den leeren Chipstüten! Ob Justin sie aus Versehen mit in den Müll geworfen hatte? Mitsamt ihrer neuen Kamera und dem Buch? Ihrem Geld? Dem Handy? All den wichtigen Utensilien?

poppy Mohnblume
forget-me-not Vergissmeinnicht

"My bag! Where's it gone? I need my butterfly bag!", rief sie der überraschten Daphne zu und rannte die Treppe hinunter. Sie übersprang Stufen, ohne richtig hinzusehen. Plötzlich trat sie ins Leere, versuchte noch, sich festzuhalten, jedoch vergeblich, und stürzte die Treppe hinunter. "Aaaaahhhhh!"

Als sie die Augen aufschlug, sauste es in ihren Ohren, ihr war schon wieder übel und ihr Bein schmerzte abartig. Sie sah Daphnes und Justins Gesichter über sich. Justin schwenkte ihre Tasche in der Hand.

"My butterfly bag!", flüsterte sie erleichtert. Und dann wurde alles schwarz.

SYLTER LUFT

Tina und Nick hatten eine Fahrradtour über die Insel gemacht und endlich ein Plätzchen gefunden, an dem sie einigermaßen ungestört waren. Gerade wollten sie ins Wasser, als Tinas Handy den Eingang einer SMS meldete.

Tina war überrascht, als sie sah, von wem die Nachricht stammte.

"Who is it?", erkundigte sich Nick.

"It's Daphne!"

"Daphne? What's happened? Something about Justin?"

Oh my goodness! Ach, du meine Güte!

"**Oh my goodness**, Jasmin's had an accident! She's in hospital!" Tina war ganz außer sich. Nick rückte näher an sie heran, legte seinen Arm um sie und schaute auf das Display.

"What's wrong with her?"

"She's broken her leg."

"Oh no! How did that happen?"

Tina sah ihn an.

"I don't know, Nick. I don't know."

It Only Hurts WHEN I LAUGH

Jasmin schlug die Augen auf und schaute auf eine weiße Zimmerdecke. Ihr Kopf dröhnte wie ein Amboss und sie stöhnte laut auf. Sie nahm eine Bewegung im Zimmer wahr, richtete sich auf und ließ sich erschrocken wieder zurückfallen. Sie befand sich in einem Krankenhauszimmer und ihr Bein steckte bis zum Oberschenkel in einem Gipsverband.
Daphnes rosa Schopf tauchte über ihr auf.
"How are you feeling, **sweetie**?"
"Horrible", jammerte Jasmin. "What happened? What's that *Gips*, I mean, plaster on my leg for?"
Neben Daphnes sorgenvolles Gesicht schob sich jetzt das ihrer mindestens ebenso beunruhigten Mutter.
"You broke your leg and you've got **concussion**. Don't you remember? You fell ..."

sweetie Schätzchen
concussion Gehirn-erschütterung

"How long do I have to stay here for?", wollte Jasmin zuerst wissen.
"Only until your head feels better, another day or two." Mrs Mahoneys Stimme klang tröstend. "I called your mother last night."
"Tell her I'm fine. I'll call her later."
Dass es ihr gut ging, war zwar eine glatte Lüge, aber ihre Mutter sollte sich keine unnötigen Sorgen machen. Jasmin versuchte erneut sich aufzurichten und Mrs Mahoney und Daphne halfen ihr dabei.

"I'm glad you're **awake**. You'**ve been asleep** for a very long time. How do you feel?", wollte Mrs Mahoney wissen.
"**To be honest** I feel as if someone hit me on the head with a hammer."
Daphne nickte. "It wasn't a hammer – you fell downstairs yesterday."
"Yesterday? Now I remember. I was looking for my butterfly bag." Jasmin suchte mit den Blicken nach ihrer Tasche. Daphne zeigte sie ihr, sie lag im Schränkchen neben dem Bett.
"Thank you", seufzte Jasmin erleichtert.
Mrs Mahoney räusperte sich. "I'll have to go to work now, Daphne. Don't forget the nurse asked you to go and **pick out** some **crutches** for Jasmin. She made it sound as if you had to pick out some **fashion accessory** or something."
"Yes, Mum, I've already seen them. They have some really **cool-looking** ones there! But I'll stay here for a while and **keep** Jasmin **company**", erwiderte Daphne und hockte sich zu Jasmin aufs Krankenbett.
"And what about school? Did you ask your classmates to **pass** the message **on** that you'd be late?", erkundigte sich Mrs Mahoney, während sie unaufhörlich über Jasmins Stirn strich.
"Yes, I did. It's no problem", grinste Daphne.
"Okay, so I'll see you later. Sure you don't need your mum to come over?"
Jasmin schüttelte den Kopf. Aua, das tat weh.

awake wach
to be asleep schlafen
to be honest ehrlich gesagt
to pick (out) (aus)wählen
crutch Krücke
fashion accessory Modeaccessoire
cool-looking cool aussehend
to keep sb company jdm Gesellschaft leisten
to pass on weiterleiten

"No, I'm sure I'll be fine soon. Thank you, Mrs Mahoney."
Mrs Mahoney drückte beiden Mädchen einen Kuss auf die Stirn und verließ das Zimmer. Als sie draußen war, verzog Daphne das Gesicht.
"She hasn't kissed me like that for about eight years", feixte sie und beide lachten.
Jasmin hielt sich den Kopf und stöhnte: "I'm sorry, Daphne, I can't move and I can't laugh either."
"It hurts when you laugh? **Doesn't matter.** You've done me a **favour**. I don't have to go to school until later, thanks to you", kicherte Daphne.
Es klopfte an der Tür.

Doesn't matter. Macht nichts.
favour Gefallen
drastic drastisch
very first allererste

"Come on in!", rief Daphne.
Justin trat ein, und Jasmin strahlte vor Freude übers ganze Gesicht. Endlich!
"Hi, Jasmin. Wasn't it a bit **drastic** to break your leg on your **very first** day here?" Mit einem breiten Grinsen überreichte er ihr einen Blumenstrauß.
"Go and get a vase for them. I think there are some outside", kommandierte Daphne. Widerspruchslos folgte Justin ihrem Befehl. "And don't forget to put some water in it!", rief sie noch hinter ihm her.
Kaum hatte er das Krankenzimmer verlassen, kniff sie Jasmin freundschaftlich in den Oberschenkel.
"I guess I'll leave you two together for a while and go and look for some crutches for you, okay?"
Erst jetzt bemerkte Jasmin den viel zu großen Pyjama, den sie trug. Mit Blümchen. Shorts! Und viele blaue Flecke hatte sie an den Beinen. Es war warm im Kran-

kenzimmer und sie lag auf der Decke. Aber jetzt hatte sie plötzlich das Bedürfnis, ihre Beine zu verstecken.
Als ob Daphne ihre Gedanken gelesen hätte, half sie ihr unaufgefordert dabei, die Decke unter ihr hervorzuziehen und sie zuzudecken.
“Those are my mother’s pyjamas”, erklärte sie. “They’re **pretty hideous**, aren’t they?”
“I’m sure she meant well.” Jasmin seufzte. Ihr blieb auch nichts erspart.
Ihr Handy piepste. Daphne reichte ihr die Schmetterlingstasche und verabschiedete sich dann.

pretty ziemlich
hideous scheußlich

Hi Jasmin, tut mir ja so leid! Ist es schlimm? Sollen wir kommen? Hast du Tröster? Ist Justin in deiner Nähe? Ich habe ein Internet-Café entdeckt. Wann kommst du raus? Hier ist es übrigens ganz toll! HDLFIUE, Tina.

Jasmin legte das Handy neben sich und beobachtete Justin, der versuchte, die Margeriten in die etwas zu schmale Vase zu stecken. Es sah nicht so aus, als ob er das öfter tun würde. Sie musste lachen und bemühte sich gleich, das wieder gutzumachen, bevor er es falsch verstehen konnte.
“Those are my favourite flowers, Justin.”
Ihr Herz pochte laut.
Justin nickte beruhigt und stellte die Vase auf den Nachttisch neben ihrem Bett. Dann zog er seinen Kamm aus der Hosentasche hervor und fuhr sich damit durchs Haar. Dabei fiel sein Blick auf das Gipsbein.
“Does it hurt?”, erkundigte er sich.

Diesmal hütete sie sich, den Kopf zu schütteln. "No. Only when I laugh."
Plötzlich fiel ihr etwas ein: So würde sie ja unmöglich tanzen können! Sie nahm Justins Hand.
"I'm so sorry, Justin, I won't be able to dance ..."
Justin machte eine beruhigende Handbewegung. "Wait and see. Maybe after **a couple of** days ..."
"It will be *weeks* before I can walk **normally** again! And I need both legs to dance. I won't be able to **perform** with the *King of Hearts*!"
Sie versuchte sich zu beherrschen, aber das klappte nicht, und die Tränen flossen ungehindert über ihre Wangen. Justin wühlte in seinen Taschen und zog schließlich ein zusammengeknülltes, offensichtlich gebrauchtes Taschentuch hervor, sodass Jasmin schon fast wieder lachen musste. Er tupfte ihr vorsichtig und liebevoll die Tränen ab. "Don't cry. The main thing is that you **get better**. Maybe Nick was right after all. Maybe we're better off waiting until he **gets back** from Germany."

a couple (of) ein paar
normally normal
to perform spielen
to get better sich erholen
to get back zurückkommen

"Wait, Justin. I've just had an idea. I can still plan the choreography. All you need to do is find somebody else who can dance well and ..."
Erwartungsvoll schaute sie ihn an. Richtig toll fand sie ihre Idee zwar nicht, aber sie wollte Justin um keinen Preis hängen lassen.
"Maybe, yeah." Er brauchte offensichtlich etwas Zeit, um sich diese Alternative vorstellen zu können. "Maybe that would work ... Okay, Jaz. But wouldn't it be hard

for you – I mean watching some other dancer dancing your steps ..."

"Well, **I'm okay with that**, I guess. Just as long as she doesn't **end up** dancing too close to you!" Sie wurde knallrot. Warum konnte sie nicht einfach mal nachdenken, bevor sie redete?

Ein verschmitztes Lächeln breitete sich auf Justins Gesicht aus. "Hey, what does that mean, Jaz? Does that mean we're a couple now?"

Jaz, das klang wie Jazz. Was für eine wunderbare Abkürzung ihres Namens! Ihr Herzschlag dröhnte bis in ihren Kopf. "Well, um ..." *No* konnte sie nun nicht mehr sagen, das wäre ein Schlag ins Gesicht. *Yes* klang aber auch irgendwie bescheuert, so nach Kirche und Hochzeit.

Was wollte sie denn nur?

Aber Justin wartete nicht lange auf eine Antwort, sondern nahm einfach ihre Hände und sagte feierlich: "I'll take that as a yes."

I'm okay with that. Damit komm ich schon klar.

to end up doing sth am Ende etw tun

I'll be off. Ich bin dann weg.

Wie in Zeitlupe beugte er sich über sie und küsste sie. Von irgendwo kam Applaus.

Erschrocken fuhren sie auseinander. Im Türrahmen standen Daphne mit rosa Krücken, Gerald mit seinem Tirolerhut, Justins Zwillingsschwester Cathy mit Pferdeschwanz, Snowflake mit einer Packung Sally Lunn Buns und Anorak-Andy mit einem selbst gebastelten kleinen Rollstuhl, aus dem eine Melodie ertönte wie aus einer Spieluhr.

Justin sprang auf und kämmte mal wieder seine blonde Mähne. "Well, now you're here, **I'll be off.**"

Gerald starrte ihn irritiert an. “But there’s no need to go, Justin. We didn’t want to chase you away. What’s wrong with you?”
Aber Justin verabschiedete sich schon mit einem flüchtigen Kuss von Jasmin. “No, I have to be off now, Gerald. It’s a **matter** of life or **death**. **I’ve got to** go and look for a girl.”
Geralds Verwirrung wuchs ebenso wie seine Neugierde. “You’ve got to look for a *girl*? **Hold on** – I mean – aren’t you being a bit **greedy**? Didn’t I just see you kissing Miss Germany here?”
Im Vorbeigehen klopfte ihm Justin freundschaftlich auf die Schulter. “You’**ve either got what it takes – or** you haven’t!”, erklärte er und verschwand eilig aus dem nun überfüllten Krankenzimmer.
Jasmin war nicht gerade begeistert von Justins überstürztem Aufbruch. Hatte er etwas vor seinen Freunden zu verheimlichen? Etwa seine Liebe zu ihr? Jasmin konnte ihre Enttäuschung nur schwer verbergen.
“Could you **pass** me some water, please? I’ve got a frog in my **throat**.”
Snowflake füllte das Glas und setzte sich zu ihr. “It’s good to see you again. Welcome to Bath, Jasmin”, begrüßte er sie. Das klang sehr tröstend. Sie mochte Snowflake. Alle Schüler und Schülerinnen, die im Frühjahr Deutschland besucht hatten, waren heute von Mrs Fletcher von der Schule beurlaubt worden.

matter Sache
death Tod
I’ve got to ich muss
Hold on. Warte mal.
greedy gierig
to have (got) what it takes das Zeug dazu haben
either ... or entweder ... oder
to pass reichen
throat Hals

"Ta-daaah! How do you like them?" Daphne hielt stolz ein paar rosa Krücken hoch.
"Well, they look kind of, um ... **psychedelic**", lobte Jasmin die außergewöhnliche Wahl.
Daphne humpelte im Zimmer herum, immer auf und ab. "Wow, it's quite easy!", jauchzte sie und ließ sich anschließend auf Jasmins Bett fallen.
Jeder wollte es einmal versuchen und der Reihe nach staksten sie im Zimmer umher. Als Letzte war Jasmin dran. Trotz ihres dröhnenden Schädels wollte sie es unbedingt probieren. Jetzt, wo Justin gegangen war, störte sie auch dieser Blümchenpyjama nicht mehr. Als sie langsam vom Bettrand glitt, um zum Stehen zu kommen, wagte sie nicht, mit dem Gipsbein aufzutreten.
"Go, Jasmin, go!", feuerten die anderen sie an.
Sie humpelte bis zum Fenster und wieder zurück.
Alle applaudierten. Jasmin freute sich darüber, so viele nette Leute um sich zu haben. Dass Justin nicht mehr dabei war, hatte sie schon beinahe vergessen.
Irgendwann gab Daphne allen ein Zeichen, zu schweigen. "It's great to see you smiling again, Jasmin. I have some really good news. The doctors say it'll be all right for you to leave tomorrow morning. There's a school **outing** planned, so practise using your crutches so that you'll be fit to come along. Mrs Fletcher, Justin and I will pick you up in the morning. We're all going to Sydney Park together – that's a very famous Victorian **Pleasure Park**, you know. You call them Lustgärten in German, I believe."

psychedelic durchgeknallt
outing Ausflug
pleasure park Vergnügungspark

Cathy kicherte.
"*Lust!* Lustgärten?" Jasmin staunte über das deutsche Wort.
"Well, anyway – our German class will be meeting there in a café ... We'**re** all **supposed to** speak German. You'll be a big **incentive** for us if you manage to come. We'll all be there – Gerald, Cathy and I, and ... oh, and Peregrine will be there ..."
"Who's Peregrine?", erkundigte sich Jasmin. Den Namen hatte sie noch nie gehört.
Volltreffer. Daphne wurde feuerrot.
"Peregrine? Oh, he's nobody special. He's just a ... just a boy. He's in our German class."
Cathy kicherte wieder, aber ein böser Blick von Daphne beendete das schlagartig.
Daphne bemühte sich um Fassung. "So what do you say, Jasmin? Would you like to come to the café in Sydney Park and see the Victorian Butterfly Garden? You can stand on a beautiful bridge and watch the trains go past ..."
"Trains? In a Lustgarten?", hakte Jasmin irritiert nach. "You have trains going through parks here?"
"Just this one", mischte sich Cathy ein. "In the nineteenth century, when they built the park, they didn't want to move the **train tracks,** so they just built the park around the **railway**!" Sie kicherte schon wieder, aber keiner wusste, weshalb.
"You know what?", sagte Jasmin stöhnend zu der kleinen Gruppe um sie herum, "I think all you English people are crazy!"

to be supposed to
sollen
incentive
Anreiz
train track
Bahngleis
railway
Eisenbahnlinie

NIGHTLIFE

Es war spät und Jasmins Besuch längst weg. Die rosa Krücken lehnten an der Wand neben ihrem Bett. Daphne hatte behauptet, sie würden nachts leuchten ... Völlig verrückt, diese Engländer!
Jasmin hatte Medikamente bekommen. Die Kopfschmerzen hatten nachgelassen und sie hatte viel geschlafen. Jetzt war sie putzmunter. Sie nahm ihr Buch und begann zu lesen. Als sie ein Geräusch hörte, sah sie auf und sah eine kleine Gestalt neben ihrem Bett stehen. Es war Clarice, das achtjährige Mädchen, das in dem anderen Bett in ihrem Zimmer lag.
"What are you reading?"
"*Alice in Wonderland*", gab Jasmin bereitwillig Auskunft.
"Oh, I love that book! Which **chapter** are you reading?", wollte Clarice genauer wissen und kroch ungefragt unter Jasmins Bettdecke.
Jasmin rutschte ein wenig zur Seite, so gut es eben ging mit dem Gipsbein.
"I'**d** just **begun** to read about how Alice is at a tea-party with the **Mad Hatter** und the **March Hare** and ... ", sie hielt überrascht inne " ... and a *dormouse* who is asleep in a cup."
Jasmin schaute auf die Illustration. Eine winzig kleine Haselmaus lag eingerollt in einer Porzellantasse und schien zu schafen. Endlich wusste sie, was eine dormouse war!

nightlife Nachtleben
chapter Kapitel
to begin (began, begun) beginnen
Mad Hatter Verrückter Hutmacher
March Hare Märzhase

“I see you’re interested in dormice”, bemerkte die Kleine.
“Well, yes, kind of.”
Bis spät in die Nacht las Jasmin Clarice die Geschichte von Alice im Wunderland vor. Nachdem die Nachtschwester das Licht gelöscht hatte, zog Clarice aus ihrer Schublade eine Taschenlampe hervor und Jasmin las weiter. Die Krücken leuchteten tatsächlich in schrillem Pink, was das Zimmer in ein unwirkliches Licht tauchte und irgendwie zu Alices verrückter Wunderwelt passte.
Jasmin las, bis sie beim besten Willen nicht mehr konnte. Während Clarice in ihr Bett zurückschlüpfte, griff Jasmin nach ihrem Handy, um es auszuschalten. Da bemerkte sie, dass eine SMS für sie angekommen war. Seltsam, sie hatte es beim Vorlesen gar nicht klingeln gehört. Die Nachricht kam von Justin.

You’re simply the best.
See you tomorrow,
IWALY, Justin

Was wohl IWALY bedeuten sollte?

Down the RABBIT HOLE

Am folgenden Morgen war Jasmin zwar hundemüde, aber die Kopfschmerzen waren wie weggeblasen. Sie wollte nicht mehr krank sein, sie mochte nicht mehr still liegen und konnte es kaum abwarten, aus dem Krankenzimmer herauszukommen. Sie übte das Gehen mit den Krücken und es klappte zusehends besser. Clarice wollte nicht nur ihren Namen groß und breit auf dem Gips verewigen, sondern auch Fotos machen. Sie bewunderte Jasmins Kamera und sie fotografierten sich gegenseitig mit Gipsbein und Gipsschulter. Jasmin hoffte, dass die Batterien noch etwas länger funktionieren würden als nur für die Dauer des Krankenhausaufenthalts ...

to get a move on
sich beeilen

Als Mrs Fletcher und Daphne mit Gerald im Schlepptau auftauchten, musste Jasmin sich Mühe geben, ihre Enttäuschung zu verbergen. Wo war Justin? Suchte er die ganze Zeit nach einer neuen Tänzerin? Dabei hatte sie sich so auf ihn gefreut.
"Good morning", flötete Mrs Fletcher. "How are you?"
"I'm fine, thanks", erwiderte sie mit einem etwas gezwungenen Lächeln.
"Well, **let's get a move on,** then. Everybody's waiting for us. And there's a wonderful surprise waiting for you!"
Mrs Fletcher war voller Vorfreude, ebenso wie Gerald.
"Guess what!", jubelte er.

Aber Mrs Fletcher bremste ihn aus. “Don’t tell her, Gerald. Let’s keep our little surprise to ourselves for now.” Gerald schwieg, aber Jasmin sah, dass es ihm nicht leicht fiel.

Daphne half Jasmin, ihre Sachen zusammenzupacken, und warf Gerald dabei mehrmals warnende Blicke zu.

Während Mrs Fletcher ihren Wagen vom Parkplatz holte, warteten die drei vor dem Eingang des Krankenhauses. Jasmins Blick wanderte amüsiert zwischen Daphnes weithin leuchtender Haarpracht und Geralds Tirolerhut hin und her. Beides bildete einen bemerkenswerten Kontrast zu ihrer eher braven Schuluniform.

“Do you like my school uniform?” Daphne posierte vor Jasmin wie ein Model. “They **make** us wear it – I don’t mind, **though,** because I don’t have to spend hours deciding what to wear before I go to school!”

Als auch Gerald mit kleinen eleganten Trippelschrittchen auf und ab stolzierte, konnte Jasmin sich kaum halten vor Lachen.

Kichernd kletterte sie auf die Rückbank von Mrs Fletchers Käfer, während Daphne sich die Krücken vornahm. Diese Dinger konnte man tatsächlich zusammenfalten! So etwas hatte Jasmin noch nie gesehen.

“Look”, bemerkte Daphne stolz. “**As well as glowing** in the dark, your **state-of-the-art** pink crutches are also **collapsible**, so they won’t **take up** much space.” Sie quetschte sich neben Jasmin und legte den Gips-

to make sb do sth jdn zwingen, etw zu tun
though aber
as well as sowohl als auch
to glow leuchten
state-of-the-art auf dem neuesten Stand der Technik
collapsible zusammenklappbar
to take up wegnehmen

fuß vorsichtig über ihre Beine. Dann zückte sie einen Neonstift und schrieb ihren Namen neben den von Clarice, die sogar ihre Adresse und Telefonnummer auf dem Gips verewigt hatte.
Mrs Fletcher fuhr langsam durch die kurvenreichen, steil ansteigenden und abfallenden Straßen von Bath.
"What a wonderful surprise!", murmelte Gerald wie zu sich selbst.
"A surprise?", erkundigte sich Jasmin überrascht. "For me?"
"Yes, of course!", riefen Mrs Fletcher und Gerald wie aus einem Mund.

Venice Venedig
bath Bad
hot spring heiße Quelle

Daphne hingegen zuckte die Achseln. "We'll see."
Mrs Fletcher zeigte auf einige Sehenswürdigkeiten zur Linken. "See that bridge over there? It's called Putteney Bridge. There are lots of shops on it. Just like the Rialto bridge in **Venice**." Dann drehte sie den Kopf zur anderen Seite hin. "And over there are the Roman **baths.** Bath is famous for its **hot springs**, you know."
"Yes, I know, I really want to visit them – I mean, when my leg is better."
Jasmin wurde das Gefühl nicht los, dass Mrs Fletcher sie eigentlich nur ablenken wollte.
"Look over there, Jasmin. That's North Parade Street with the famous Sally Lunn bun shop. Tina loved going there!"
Tina! Wie es ihr wohl ging auf Sylt? Jasmin hatte Sehnsucht nach ihrer Freundin und zückte ihr Handy.

Hey Tina, bin raus aus dem Krankenhaus, fahre gerade an den Roman baths vorbei und denke an dich.

Immer noch verliebt? Oder schon ein altes Ehepaar? ☺ GG ☺ Hdgdl Jasmin.

“So here we are, Jasmin. This is Henrietta Street.”
Gerald kicherte blöde, Daphne rollte dazu mit den Augen.
Er stieg hastig aus und ließ die Beifahrertür offen stehen.
“I’ll let you, Gerald and Daphne out here”, erklärte Mrs Fletcher. “It’s just **a hop, skip and jump** to the park.”
So richtig lustig fand Jasmin diese Bemerkung nicht, schließlich war ihr das Hüpfen und Springen vorläufig noch verwehrt, aber Mrs Fletcher meinte es natürlich nicht böse.
Kaum standen sie auf dem Gehweg, rauschte Mrs Fletcher davon. “**Take care.** I’ll see you in a minute or two – as soon as I’ve found somewhere to park!” Und weg war sie mit ihrem knatternden Käfer.
Gerald ging ungeduldig voraus, während Daphne in aller Ruhe die Krücken auseinander klappte. Jasmin, die an einer Mauer lehnte, nutzte den Moment, unter vier Augen eine Frage loszuwerden.

a hop, skip and jump
ein Katzensprung
Take care.
Hier: Tschüs.

“Daphne, can I ask you something? Do you know why Justin didn’t come with you to pick me up?”
“Oh, it sounds like someone is in love!” Daphne lächelte verschwörerisch.
Jasmin wurde plötzlich wütend. Was ging Daphne ihre Liebe an? Konnte sie nicht einfach ganz normal antworten?
“What makes you think I’m in love?” schnauzte sie. Es

klang unfreundlicher als beabsichtigt und Daphne zuckte zusammen.
“Okay, Jasmin, **keep your hair on!** It was just a question. Don’t bite my head off!”
Da war es schon wieder, dieses *Don’t bite my head off!* War sie wirklich so schroff?
Daphne lief los und Jasmin kam kaum hinterher. “Daphne, please, wait a minute”, rief sie. Sie hatte sie doch nicht verletzen wollen!
Daphne blieb stehen und wartete, bis Jasmin bei ihr angekommen war.
“Let’s not fight, Daphne, let’s be friends. I’m sorry”, entschuldigte sich Jasmin. “I didn’t mean to hurt you. I just hate having a broken leg!” Jasmin hätte gerade heulen können, aber sie schluckte und redete weiter. “And I hate these crutches ... oh no, no, I’**m** not **criticizing** your **choice** of colour! Pink is really ... **wacky**! And they glow in the dark, that’s wonderful. And they fold up small, which is great. I suppose **as crutches go** they are pretty cool, the best on the planet, but ...”
Daphne nickte verständnisvoll. “Yeah, I know what you mean. You’re a dancer. It must be pretty hard for you not to be able to move. **As for me** – I’m more of a **couch potato**. As long as I’ve got my **fortune-telling cards**, **astrology** books and **horoscope** programme, I’m happy!”
Jasmin seufzte erleichtert und die beiden setzten sich wieder in Bewegung. “I know you did a horoscope for

Keep your hair on! Reg dich ab!
to criticize kritisieren
choice Wahl
wacky schräg
as crutches go dafür, dass es Krücken sind
as for me was mich betrifft
couch potato Stubenhocker
fortune-telling cards Wahrsagekarten
astrology Astrologie
horoscope Horoskop

Tina and she was really **impressed.** But, sorry, I don't believe in that **nonsense.**"

Abrupt blieb Daphne stehen und schaute sie vorwurfsvoll an.

"Oh no, I'm sorry!", rief Jasmin entsetzt. "I've put my foot in it again, haven't I? But I didn't mean to!"

Schweigend gingen sie weiter auf das Café zu, in dem sie Mrs Fletcher treffen sollten. Gerald war vermutlich längst da.

Im Vorbeigehen zeigte Daphne auf ein paar Marmorstatuen. "See the big **square** pond in the middle **surrounded by marble** statues? Do you like them? Aren't they **gorgeous**? **Greek** gods", schwärmte sie und fügte verschmitzt hinzu: "I **wish** we had boys like that in school!"

Jasmin kicherte und Daphne tippelte neben ihr her wie auf einem Laufsteg. "So this is the *Lust*garten!" Sie brach in schallendes Gelächter aus.

Glücklich darüber, dass die Atmosphäre zwischen ihnen wieder entspannt war, fragte Jasmin: "What was it called again – George Gardens? Charles Garden? Oh – now I remember, Sydney Gardens."

Daphne wurde ernst. "Actually this isn't Sydney Gardens after all. We had to change our plans at the last minute and come to a different park. This park is **named** after the street it's on. The street where Mrs Fletcher stopped the car to **drop** us **off**."

"Henry Street? Harry Street?"

impressed beeindruckt
nonsense Unsinn
square quadratisch
surrounded by umgeben von
marble Marmor
gorgeous wunderschön
Greek griechisch
to wish (sich) wünschen
named benannt
to drop off absetzen

Daphne blieb stehen.
"What's wrong? Did I say something wrong again?" Jasmin konnte sich nicht erklären, warum Daphne auf einmal so ernst geworden war.
"No, you didn't." Daphne zögerte bevor sie weitersprach. "Mrs Fletcher didn't want us to tell you about the surprise. But perhaps **I should** warn you ..."
Warnen? Wovor? Jasmin schaute zum Café. Am Eingang stand eine Traube junger Leute in Schuluniformen. Sie erkannte Snowflake und Cathy und suchte nach Justin.
"Look, there's everybody over there!" Sie unterbrach Daphne. "They all seem to be standing in a circle talking to somebody in the middle."
Schnell humpelte sie weiter, gefolgt von Daphne.
"Jasmin, I think I should warn you about the surprise. We have a visitor. Someone you know. She heard about the name of this park and she **begged** Mrs Fletcher to come here instead of Sydney Gardens."
Jasmin hielt inne. Sie schaute Daphne fragend an und langsam schwante ihr, dass etwas im Gange war, von dem Daphne glaubte, es würde ihr, Jasmin, ganz und gar nicht gefallen.
"Henrietta Street", flüsterte sie.
Daphne nickte betreten.
Jasmin starrte in den Innenhof des Cafés, sie waren nicht mehr weit entfernt. Die Traube hatte sich mehr oder weniger aufgelöst und verteilt und nun erblickte sie Justin. Er stand da und kämmte wie üblich seine Mähne. Ihm gegenüber, mit dem Rücken zu Jasmin, tänzelte ein langhaariges, blondes Mädchen.

I should ich sollte
to beg anflehen

“You see, this park is on Henrietta Street and it's called Henrietta Park! Really. I'm not kidding!”, raunte Daphne ihr zu.
In diesem Moment drehte sich das langhaarige, blonde Mädchen um und schaute Jasmin direkt in die Augen.
“Well, well, who do we have here? My good friend Jasmin. Welcome to my park! Oh dear! What's happened to you? What have you been doing? Wohl zu viel getanzt und ausgerutscht oder was?”
Die Überraschung war: Jette! Jasmins Erzfeindin.

Farmyard ANIMALS

Jasmin war sprachlos.

Gerald tauchte neben der sich wie ein Pfau aufplusternden Jette auf. Stolz hakte er sich bei ihr ein, was unglaublich witzig war, denn er war deutlich kleiner als sie und die Feder seines Tirolerhuts kitzelte Jettes Nase. Sie verzog angewidert ihr zurechtgemachtes Gesicht. Davon bekam er natürlich nichts mit.

"Jette's staying **at my place**", prahlte er. "My older brother's gone to Scotland for a few days so there's **plenty of** room in our house."

Jasmin setzte sich entkräftet auf den nächstbesten Stuhl und starrte ihre Klassenkameradin an.

at my place
bei mir
plenty (of)
reichlich

"Was machst du denn hier?"

Jette warf ihre blonde Haarpracht über die Schulter, sodass sie durch Geralds Gesicht flogen. Sicherlich war das mit voller Absicht geschehen, aber sie ließ sich nichts anmerken. Und damit alle sie verstehen konnten, antwortete sie auf Englisch.

"Well, my dear", säuselte sie. "My parents said that I'd done so well in English that they would pay for my flight here for the summer holidays. And Gerald was nice enough to invite me to stay at his place."

Mit diesen Worten schenkte sie ihrem Gastgeber ein umwerfendes Lächeln, sodass der augenblicklich dahinschmolz. Sie hätte alles von ihm bekommen, was sie wollte, daran gab es nicht den geringsten Zweifel.

Jette strahlte ihre Erzfeindin herausfordernd an. “And Justin has just asked me to play **keyboards** for the *King of Hearts*.”
Plötzlich tauchte Justin neben Jasmin auf, setzte sich zu ihr und legte einen Arm um sie. “It was just an idea, Jaz. What do you think?”

keyboards
Keyboard
by the way
übrigens

Das war ja wohl nicht zu glauben! Hatte er denn überhaupt keine Ahnung davon, dass sie Jette nicht ausstehen konnte? Hatte er es vielleicht vergessen? Nicht mitbekommen? Oder war es ihm einfach egal? Ging es ihm vielleicht doch nur um seine Band und sonst nichts?
“Justin and I are planning some choreography”, sagte sie so kühl wie möglich. Jette lächelte nur eiskalt. Wusste sie es bereits? Hatte Justin ihr in der kurzen Zeit schon alles erzählt?
“How can you dance, though?”, fragte Jette mit Engelsmiene. “Look at you – you’ve broken your leg. There’s no way you can dance.”
Jasmin spürte die Wut in ihr brodeln. Um sie herum standen all die anderen und beobachteten sie wie Boxerinnen in einem Ring.
“I don’t have to dance myself. I’ll just do the choreography. **By the way** – wieso reden wir überhaupt Englisch?”
“Ja, bitte sprechen Sie auf Deutsch!”, begeisterte sich Gerald, was Jasmin umgehend dazu brachte, wieder Englisch zu reden.
“Somebody else can dance.”
In diesem Moment klingelte Justins Handy. Er ent-

schuldigte sich, schob sie liebevoll von sich weg, stand auf und entfernte sich von der Gruppe.
Jette lächelte so falsch, wie nur sie lächeln konnte. “Vertraust du dem etwa?”
Nun konnte Jasmin sich nicht mehr zurückhalten. “Du bist eine falsche Schlange, Jette, mach, dass du wegkommst, und wehe, du machst dich an ihn ran!”
In diesem prickelnden Moment tauchte Mrs Fletcher auf.
“I finally found a **parking space**! Has anybody ordered tea and cakes? No? Why don’t we all sit down?”
Niemand nahm so richtig Notiz von ihr, denn Jette fauchte gerade: “Du miese, kleine, eingebildete Tanzmaus!” Und das war weitaus interessanter.
Gerald strahlte seine um Aufmerksamkeit bemühte Lehrerin an. “Listen, they’re speaking German. We can learn something now.”
Mrs Fletcher hatte natürlich auch umgehend begriffen, was zwischen den beiden Mädchen abging. “Watch what you say, Jasmin, Jette!”, unterbrach sie die beiden. “**What’s going on here?** I thought you were friends, Jette?”
“Du verdammte, kleine Ratte!”, giftete Jasmin. “Du hast Mrs Fletcher auch noch belogen!” Sie war angewidert von so viel Falschheit. “Du falsches Aas!”
“Du dumme, blökende Zicke!”, keifte Jette zurück. “Ich war die erste Wahl für den Austausch und jetzt musst du mit mir leben, wenigstens die Ferien über!”
“Dumme Gans!”
“Blöde Kuh!”

parking space Parkplatz
What’s going on (here)? Was geht hier vor?

"Alte Schlampe!"
Mrs Fletcher fuhr dazwischen. "Girls, stop this immediately." Dann wendete sich die Lehrerin an ihre Schüler: "Well, um, yes ... Why don't we all have a nice cup of tea?"
Snowflake ging mit Mrs Fletcher in Richtung Café-Eingang, um etwas zu bestellen. "I think they were talking about a farm, Mrs Fletcher. **Geese** and cows or something."

goose (*pl.* geese)
Gans

"Something like that", erwiderte Mrs Fletcher und warf noch einen warnenden Blick auf Jasmin und Jette. "Why don't we all sit down? Jasmin, you sit over there with Daphne, Andrew and Justin – if he comes back. And I'll sit over here with Henriette, Gerald and Peregrine."

WHO IS PERRY?

Mrs Fletcher verschwand im Café mit Snowflake im Schlepptau. Jette schleifte Gerald an einen möglichst weit entfernt stehenden Tisch. Jetzt erst registrierte Jasmin Peregrine. Er war der Einzige, den sie noch nie gesehen hatte. Gut sah er aus, braune Haare und tiefe, dunkle Augen. Er schlenderte hinter Gerald und Jette her und setzte sich an ihren Tisch, wie es Mrs Fletcher entschieden hatte. Er schien sich nicht besonders für Jette zu interessieren, sondern schaute das eine oder andere Mal zu Jasmin herüber. Jasmin lächelte ihm zu, er grinste verstohlen zurück. Natürlich bemerkte Jette das und verstrickte den Armen in ein Gespräch.

Als Justin zurückkehrte, wunderte er sich ein wenig über die Aufteilung. Nach kurzem Zögern setzte er sich zu Jasmin.

> **folks** Leute
> **to rent (out)** vermieten
> **desperately** dringend

"Was that your agent on the phone?", fragte sie.
Justin nickte, aber bevor er mehr sagen konnte, klingelte sein Handy schon wieder.
"Yes, I am still interested. ... When? ... Now? Where is it? ... Well, okay. See you in about half an hour."
Er klappte das Handy zu, sah sie entschuldigend an und redete dann so laut, dass es auch Jette hören konnte: "Sorry, **folks**! That was someone offering me new rehearsal rooms for the band. Nick's barn has been **rented out** and we **desperately** need to find a new place to practise."

Peregrine war aufgestanden und hatte sich ihrem Tisch genähert. Er war groß und schlaksig und sah ziemlich sportlich aus.

guesthouse Gästehaus
to check out sich erkundigen nach
to work out *hier:* klappen
to drop by vorbeischauen

"If you want, Justin, I'll ask my mum if it's okay for you to use a room in our **guesthouse**. We've got lots of space."

Justin klopfte ihm jovial auf die Schulter. "Okay, Peregrine, that sounds brilliant. But what about your father? Will he be okay with loud music?"

Jasmin glaubte einen kaum merklichen Schatten über Peregrines Gesicht huschen zu sehen. "Please, don't call me Peregrine. It's just Perry. Well, I know my mum won't mind. And my father is ...well ...away a lot. He's building a new shopping centre out of town. So he won't know."

Justin zögerte. "Well, I'll **check out** this place first and if it doesn't **work out**, I'll get back to you, Perry. Thanks."

Perry klingt viel besser als Peregrine, dachte Jasmin. Sie beobachtete ihn genau. Seine etwas längeren braunen Haare und die tiefgründigen dunklen Augen gaben ihm irgendwie das Aussehen eines Künstlers, fand sie.

Justin hauchte ihr einen flüchtigen Kuss auf die Wange und flüsterte, "See you tonight, then, Jasmin. We can discuss our plans then. I'll **drop by** Daphne's place at half past seven, if that's okay."

Bevor sie reagieren konnte, war er schon verschwunden. Seufzend lehnte Jasmin ihre Krücken so gegen den Tisch, dass niemand darüber stolpern konnte.

Mrs Fletcher und Snowflake kamen mit Tabletts voller Tee und Kuchen aus dem Café. Nur zögernd ging Perry wieder zurück zu seinem Tisch und setzte sich neben Gerald.

"I don't think Perry and his father **get on** well. Do you know anything about it?", erkundigte sich Jasmin bei Daphne.

Daphne winkte ab. "Peregrine is just some **stuck-up** rich kid. Talking about him will **spoil** my appetite." Sie griff nach einem Gebäckstück. "Here, try these strawberry jam **tarts**. They're really good."

to get on sich verstehen
stuck-up hochnäsig
spoil verderben
tart Törtchen

Endangered SPECIES

Jasmin wunderte sich über Daphnes abfällige Bemerkung über Perry. Er wirkte überhaupt nicht wie ein reicher Angeber auf sie. Irgendetwas stimmte nicht mit Daphne und ihm.

"It's great to have you here, Jasmin. Isn't it, Andy?" Mit diesen Worten stupste Cathy ihren Tischnachbarn Anorak-Andy an. Der trug seinen Anorak über der Schuluniform, obwohl es dafür viel zu warm war. Gerade hatte er aus den Untiefen seiner Tasche ein kleines Heft hervorgezogen, las darin und zuckte zusammen, als Cathy ihn ansprach.

"Yes, yes, Cathy, um, Jasmin, um ... How's Tina, by the way?"

Jasmin probierte gerade ein Gebäckstück, es war köstlich und sie versuchte, die Zutaten herauszuschmecken.

Mit vollem Mund meinte sie: "Oh, Tina's fine. She and Nick are on holiday on a little island called Sylt. The school holidays in Germany have already started, you know."

thousand tausend
single einzig
palm tree Palme

"Wow", schwärmte Cathy. "How romantic! Tina and Nick on a desert island in the middle of nowhere ..."

Jasmin verschluckte sich fast vor Lachen. "I wouldn't say that Sylt was a desert island", widersprach sie. "There are **thousands** of tourists – and not a **single palm tree**, either. And the sea is pretty cold!"

"Brrrr ..." Cathy schüttelte sich bei der Vorstellung, in eiskaltes Wasser zu springen.

Andy hatte sich schon wieder in seine Broschüre vertieft, aber Cathy wollte noch mehr wissen. "What are you reading, Andy?"

Er schaute nicht mal auf. "Oh, it's just the **instructions** for the drum machine. Justin asked me to find out how it works! He'**s hopeless at** reading instructions."

Plötzlich fiel neben Jasmin etwas zu Boden. Sie schreckte hoch und da stand Jette. Die Krücken lagen auf der Erde. Jette zog mithilfe eines kleinen Taschenspiegels ihren Lippenstift nach, und das, obwohl ihre Lippen sowieso schon blutrot angepinselt waren.

"Oh, how **clumsy** of me", säuselte sie pseudofreundlich. "I must have tripped over your crutches! Silly me!" Ihre Stimme wurde immer bissiger. "It was a bit **careless** of you to leave them **sticking out** like that. Anyone could have tripped over them. *I* could have just broken *my* leg!"

Jasmin hätte ihr am liebsten eine fette Ohrfeige verpasst, aber sie erhaschte den warnenden Blick der Lehrerin.

"Well", säuselte Daphne in einem ähnlichen Tonfall wie Jette vorher. "Perhaps you just ***pretended*** to trip but actually you *meant* to kick the crutches onto the floor."

Jette zuckte nur abfällig die Achseln und wollte königinnengleich abrauschen, als Cathy plötzlich laut aufschrie. "Oh, **watch out**, Jette! There's a huge, horrible black spider that's just landed in your hair!"

instructions Bedienungsanleitung
to be hopeless at doing sth komplett unfähig sein, etw zu tun
clumsy tollpatschig
careless gedankenlos
to stick out hervorstehen
to pretend so tun als ob
Watch out! Pass auf!

Jette kreischte laut auf, ließ den Lippenstift fallen und durchsuchte mithilfe des kleinen Spiegels ihr perfekt gestyltes Haar. “Where? What? **Get it out!** Eine Spinne! Hilf mir doch, Jasmin!” Wild schlug Jette auf ihren Kopf und zerzauste ihre wundervolle Frisur.
Aber Jasmin dachte nicht im Traum daran, ihr zu helfen.

Get it out!
Hol sie raus!
sense of humour
Sinn für Humor
brainwave
Geistesblitz

Dann begann Cathy lauthals zu lachen: "Just kidding, Jette. Just kidding.”
Jette hielt inne, ihre Augen funkelten böse in Richtung Cathy und Daphne, die sie wie Unschuldslämmer anlächelten. “Sind das etwa deine Freundinnen? Die spinnen doch wohl komplett! Passt ja gut zu dir, dieser Hühnerhaufen ...”, schrie sie mit hysterisch kippender Stimme. Dann stapfte sie davon in Richtung Café, um auf der Toilette ihre Haare zu richten.
Jasmin stupste Cathy an. “You just saved her life – I could have killed her! I really like your **sense of humour**, Cathy.”
Snowflake räusperte sich. “Excuse me? What does *spinnen* mean? I thought it meant spiders? What did she mean?”
Jasmin lachte, “It has two meanings. The first is spiders. But the second means you’re crazy.”
Snowflake nickte nachdenklich, während Daphne ihren Spaß an diesem Wortspiel hatte. “So you Germans think that spiders are crazy?”
Cathy sprang auf und gab allen ein Zeichen innezuhalten. “Crazy spiders! I’ve just had a **brainwave**. I know a good trick to play on Jette. I’ve just thought of some-

thing. Jasmin, are you taking part in the conservation project?"
Jasmin fiel die Anmerkung von Mrs Fletcher am Tag ihrer Ankunft ein und sie blickte fragend zu Daphne. "What is it?"
"Oh, I forgot to tell you about it", erinnerte die sich, öffnete ihre Tasche und zog ein Blatt Papier hervor. "Here, read this. If there's something you don't understand, just ask!"

extinction Aussterben
mammal Säugetier
reptile Reptil
amphibians Amphibien
to sign up for sth sich für etw eintragen
lab(oratory) Labor
to research erforschen

Help us Save Endangered Species
Many animals are in danger of **extinction.**
We don't mean just
whales, tigers and elephants
but animals that live here in Europe too –
birds, **mammals**, insects, **reptiles**
and **amphibians**.
If you want to help save an endangered species
near you
sign up for the Conservation Project.
Help Save Britain's Wildlife!
Where?
Come to the Science **Lab**.
Mr Mason the Biology teacher will be happy
to give you all the details.

"We do a conservation project every year. We work in small groups, **research** the endangered animal, and then try to **come up with** some good ideas to raise money. It's a lot of fun. Last year I worked on the dormouse project. Dormice are in danger of extinction, so we made a radio programme and asked people to give us money so that they could adopt a dormouse. It cost ten pounds a year. Then we sent them a Dormouse **Birth Certificate**. We made a lot of money with that project. Our team was the best."

Jasmin begann zu verstehen, was Daphne gemeint hatte, als sie sagte, sie hätte eine *dormouse* adoptiert.

"I see. So you didn't adopt a real dormouse. I was wondering all the time how you managed to keep Jupiter away from it."

Daphne und die anderen lachten. "Jupiter would make *all* dormice **extinct** if we gave him a chance. Anyway I don't want a dormouse as a pet. They look **cute** but they're a bit boring because they sleep almost twenty-four hours a day."

"So that's why the dormouse in *Alice in Wonderland* **is fast asleep** in the teacup all the time." Jasmin erinnerte sich an die Illustration.

Daphne sah sie überrascht an. "Are you reading *Alice in Wonderland*? It used to be my favourite book when I was younger. I've read it at least three times. I like it because I tell fortunes with **playing cards**. A lot of the characters in the book are playing cards too – the Queen of Hearts, the **Knave of Hearts**, the King of Hearts ..."

"The King of Hearts?" Jasmin stutzte. "Do you think that's where Justin got the name for the band?"

to come up with sich ausdenken
birth certificate Geburtsurkunde
extinct ausgestorben
cute niedlich
to be fast asleep fest schlafen
playing card Spielkarte
knave of hearts Herzbube

Daphne zuckte mit den Schultern. "Cathy, do you know if Justin **used to like** *Alice in Wonderland*?"
"No, sorry, I don't know anything about Justin's **literary tastes**. I prefer the *Narnia* stories."
In der Zwischenzeit hatte Daphne noch mehr Material über das Projekt ausgepackt.
"Here are all the animal projects we can choose from – there are butterflies ..."
Cathy riss ihr das Blatt aus der Hand und überflog die Angaben, "Let me see ..." Sie hielt einen Moment inne, dann tippte sie auf das Blatt. "Perfect", sagte sie schlicht und stand auf. "Sorry, everyone. I've left something at school. I have to go back and get it. See you tomorrow!"
Dann flitzte sie zu Mrs Fletcher, um sich zu verabschieden, und rannte davon.
"What **is** Cathy **up to**?", fragte Snowflake nachdenklich.
Daphne schüttelte den Kopf und packte ihre Unterlagen wieder in die Tasche. "She said something about wanting to play a trick on Jette. But she didn't explain what kind of trick. I don't know. She was just looking at the names of the endangered animals. See – **toad**, large blue butterfly, **great crested newt** ..."
Jasmin unterbrach sie. "Large blue butterfly?" Sie sah auf ihre blaue Umhängetasche mit den Schmetterlingen.
Dann erschrak sie, denn Gerald war auf einmal an ihrem Tisch, hockte sich auf den Stuhl neben ihr und

used to like mochte
literary literarisch
taste Geschmack
to be up to sth etw im Schilde führen
toad Kröte
great crested newt großer Kammmolch

antwortete an Daphnes Stelle: “The large blue butterfly is a **type** of rare butterfly that **died out** in Britain in 1979. But now butterfly experts are bringing large blue butterflies here from **Sweden** where it’s not extinct. They hope that the butterflies will **multiply** again here.” Jasmin konnte nur anerkennend nicken.

type Art
to die out aussterben
Sweden Schweden
to multiply sich vermehren
what on earth was in aller Welt
to be into sth auf etw stehen
make-up Schminke

“Gerald Edward Ignatius Lewis”, stellte Daphne staunend fest, “you always seem to know something about everything!”
Anstatt sich über das Lob zu freuen, fiel Gerald ohne Vorwarnung vor Jasmin auf die Knie und krabbelte unter den Tisch. Jasmin und Daphne sahen sich verwundert an.
“**What on earth** are you doing under the table, Gerald?”, kreischte Cathy. Gerald murmelte etwas Unverständliches, und als er wieder hervorgekrochen kam, hielt er triumphierend einen Lippenstift in die Höhe.
Anorak-Andy schaute von seiner Lektüre auf und sagte abfällig: “**Are** you **into make-up** now, Gerald?”
Jasmin lachte. Gerald tat ihr leid, weil er ausgerechnet auf Jotto horoingofallon war.
Sie blickte neugierig zum anderen Tisch hinüber. Mrs Fletcher schien sich gerade zum Aufbruch bereit zu machen.
Jette, die in alter Frische von der Toilette zurückgekehrt war, schüttelte der Lehrerin die Hand und stöckelte in Richtung Ausgang. Im Vorübergehen nahm sie Gerald ihren Lippenstift ab, wisperte verführerisch: “Thank you, my love!”, steckte das Utensil mit einer

affektierten Bewegung in die Tasche und stöckelte weiter.
Jasmin hätte kotzen können. Sie musste den armen Gerald unbedingt vor Jette warnen, er schien sie ja geradezu anzubeten.
"Be careful, Gerald. You're a nice guy. Don't let Jette **boss** you **around** too much. She's ... um ... she's blonde ..." Was hieß noch gleich *Gift* auf Englisch? *Blondes Gift*, wollte sie sagen. Und weil *blond* auf Englisch *blonde* hieß, dachte sie, es wäre mit *Gift* vielleicht ebenso. "She's a blonde **gift**, Gerald!"
Gerald strahlte sie hocherfreut an. "That's a nice thing to say, Jasmin. I like that. A blonde gift. You **foreigners** have a cute way of talking!" Und dann flitzte er hinter Jette her, die sich bei Perry eingehakt hatte.
Jasmin war entsetzt. Was hatte sie da gesagt? Auf jeden Fall mal wieder das Falsche, so viel war sicher!

to boss sb around jdn herumkommandieren
gift Geschenk
foreigner Ausländer(in)

Butterflies GALORE

"Let's go to school early tomorrow so that you can sign up for the butterfly project too", schlug Daphne vor und brachte sie damit auf andere Gedanken.
"Okay", stimmte Jasmin zu. "Who else is in the butterfly group? Do you remember?"
Daphne überlegte laut. "**Hang on**, let me see. Me, of course, and Cathy and Gerald ... Andy, aren't you in that group, too?"
Andy schreckte von seiner Lektüre auf und nickte. "Um ... yes, yes, I am."
"I'm not", meldete sich Snowflake zu Wort.
Aber Jasmin wollte eigentlich nur eins wissen: "And ... er ... what about Justin? Which group is he in?"
"Justin?", fragte Daphne mit gespielter Überraschung. "You want to know which group Justin is in? I think he's in the butterfly group too."
Jasmin war zufrieden. Sie freute sich auf ein Schmetterlingsprojekt mit Justin. Es klang irgendwie romantisch.
"But you really should hurry and sign up if you want to be in that group", erklärte Snowflake. "Maybe Mrs Fletcher can pick you and Daphne up tomorrow. I don't think you'll manage to walk up the steep hill to school on crutches, anyway!"

galore
in Hülle und Fülle
Hang on.
Warte mal.

Daphne stimmte ihm zu. "Mrs Fletcher! That's a good idea. I'll ask her in a minute." Die raste nämlich gerade winkend an ihnen vorbei in Richtung Ausgang.

"Shall I take a picture of you before we go?" Snowflake unterbrach das Gespräch und zeigte mit dem Finger auf Jasmins Digitalkamera, die halb aus der Tasche hervorschaute. "And, by the way, Jasmin, don't leave **valuable** things like cameras sticking out of your bag. There are **thieves** in Bath – there always have been since Roman times."
Daphne schnappte sich die Kamera. "Wow! That's a really cool camera. I've been begging my dad for exactly the same model since Christmas, but he says they're too expensive."
Jasmin erinnerte sich an die Götterstatuen am Eingang des parks. "Oh, I'd love to have a photo of the statues. Maybe I should get a bit closer."

valuable wertvoll
thief (*pl.* thieves) Dieb(in)

Aber Daphne war schneller und lief mit gezückter Kamera voraus. "Don't worry, Jasmin. I'll take a couple of photos for you. It will be good practice until I get my own camera."
Jasmin fühlte sich etwas überrumpelt. Die Fotos hätte sie lieber selbst gemacht. Sie humpelte mit Snowflake und Anorak-Andy an den Statuen vorbei zum Ausgang.
Daphne schien ihre Aufgabe sehr genau zu nehmen und fotografierte die Statuen voller Begeisterung von allen Seiten.
Mrs Fletcher war längst vorgefahren. Snowflake und Anorak-Andy verabschiedeten sich und Jasmin kletterte auf die Rückbank.
Mrs Fletcher hupte und endlich kam auch Daphne angerannt. Sie übergab Jasmin ihre Kamera allerdings erst, nachdem sie alle Fotos bewundert hatte.

"I'll pick you up in the morning", versprach Mrs Fletcher zum Abschied.
"Can you come early?", bat Daphne sie. "We've got to sign Jasmin up for the conservation project."
"All right. Will eight o'clock be early enough?"
"Oh, that would be perfect, Mrs Fletcher. Thanks a lot!"

THE QUEEN of Hearts

Daphnes Mutter bereitete gerade das Abendessen vor und strahlte wie ein Honigkuchenpferd, als Jasmin und Daphne nach Hause kamen.
"Jasmin, I've got a surprise for you. I hope you'll like it."
In einem Brotkorb lag Pumpernickel, daneben stand ein Glas mit Gurken und ein weiteres mit **Mixed Pickles**. Jasmin fiel die Tasche mit dem vielen Brot aus Deutschland wieder ein und dass sie ihre Sachen noch gar nicht ausgepackt hatte.

Mixed Pickles eingelegtes Gemüse

"Daphne, please, could you go upstairs and get my big black bag? I've brought something from Germany for your mother", bat sie.
"Sure, but is there something in there for me, too?", feixte Daphne.
"Oh, yes, of course." Jasmin hatte doch extra noch Kekse gebacken! Hoffentlich waren die nicht mittlerweile hart wie Stein.
Mrs Mahoney nahm stolz eine Schachtel aus dem Kühlschrank und hielt sie ihr hin.
"See this little packet?"
Jasmin las entgeistert: "Frankfurter Handkäse."
"The name sounds wonderful", freute sich Daphnes Mutter. "I found it in the supermarket and thought you might like it." Sie öffnete die Packung und im Handumdrehen verbreitete sich ein überaus strenger Duft in der Küche.

"Oh", entfuhr es Mrs Mahoney. Mit diesem Geruch hatte sie offensichtlich nicht gerechnet. Jupiter nieste, sprang von der Bank und lief ins Wohnzimmer. Auch Daphne, die gerade mit der Tasche zurückkehrte, verzog die Nase.

"Well, Mum, it's really very nice of you to prepare a German dinner, but maybe Jasmin would prefer something a little more English – now she's here in England, I mean?", schlug sie diplomatisch vor.

Mrs Mahoney sah sehr enttäuscht aus und Jasmin beeilte sich, sie zu trösten.

"No, I mean, yes ... um ... I get German food every day at home. Look – I've even brought some over."

Sie öffnete die Tasche und verteilte als Erstes ihre Tüten mit Keksen, die aussahen wie lange Finger. "I made them myself. I hope they still taste all right! I call them Nut Fingers."

nutty nussig

Alle drei kosteten.

"Hm, they are very good! Very ... um ... **nutty**!", schwärmte Mrs Mahoney.

Es war Jasmins neueste Kreation mit gemahlenen Nüssen statt Mehl.

"They're wonderful! Did you you really make them yourself?" Genüsslich futterte Daphne ein Plätzchen nach dem andern.

Jasmin nickte stolz. "Yes, I love baking."

"You must try Mum's jam tarts sometime. They're fantastic!"

"Yes, I'd love to."

Mrs Mahoney war überwältigt von den Schwarzbrotbergen und sah ein, dass sie Jasmin etwas Englisches

anbieten müsse. "Okay, I guess I'll eat this cheese myself ... sooner or later." Sie lachte und packte den Käse wieder in den Kühlschrank. "And I'll get you two girls **the usual** from the chippy."
Sie lief aus dem Haus bevor jemand Einspruch erheben konnte.
"What's the chippy?", erkundigte sich Jasmin bei Daphne.
"It's a fish and chip shop."
"Fish and chips! Something English at last!"
Sie knabberten Nussfinger, bis Jasmin siedend heiß einfiel, dass Justin ja gleich auftauchen würde. Sie schaute auf die Küchenuhr, eine große, rot-weiß-blaue Uhr, in deren Zentrum ein Bild von Prinzessin Diana prangte.
"Do you like it?" Daphne futterte weiter unbeirrt Kekse.
Jasmin war sich nicht sicher, etwas kitschig fand sie diese Uhr schon. Aber das sagte sie wohl besser nicht.
"Well, yes. It's nice. Is that the right time?" Die Zeiger standen auf zwanzig vor sieben, und wenn die Uhr richtig ging, war Justin schon zehn Minuten zu spät. Jasmins Laune verschlechterte sich schlagartig.
"I think so", versicherte Daphne schmatzend.
Plötzlich piepsten ihre beiden Handys fast gleichzeitig. Verwundert sah Jasmin, dass sie eine Nachricht von Nick bekommen hatte.

*Hi there! How do you like my **home town**? How is Justin? **What's up** with the band? How is your leg? Does it hurt? H&K from T&N*

the usual
das Übliche

home town
Heimatstadt

What's up?
Was ist los?

Jasmin antwortete sofort:

We're going to have fish and chips! Leg's getting better. Justin is late. And guess what? Jette's here and she's going to play keyboards for him! BFN, Jaz

"What was your message about?", wollte Daphne wissen.
"Oh, it was Nick, asking about my leg and the band and ... Justin."
"Why doesn't he ask Justin directly?" Die beiden schauten sich an und zuckten die Achseln. "Well, I had a message from Cathy. She's going to play a trick on Jette! It'll be fun, you'll see!"
Bevor Jasmin nachfragen konnte, was Cathy genau vorhatte, stürmte Mrs Mahoney mit zwei in Zeitungspapier eingewickelten Paketen herein.
"I'm afraid it's not fish and chips. They'd run out of fish." Daphne riss das Zeitungspapier auf. "Oh, it's better than fish and chips!"
Jasmin sah eine dicke grün-gelbe Soße über einem Haufen blasser Pommes.
"Yummy", jubelte Daphne. "My favourite meal! Curry and chips!"
Jasmin musste sich sehr zusammenreißen. "Curry and *chips*! And that's your favourite?" Jasmin schauderte.
Daphne machte sich begeistert darüber her, Mrs Mahoney schmierte sich ein Schwarzbrot mit Marmelade und Jasmin probierte zögernd eine Kartoffel mit dieser undefinierbaren Soße. Sie schmeckte zwar nicht ganz so schaurig, wie sie aussah, aber dennoch gewöh-

nungsbedürftig. Sie schaute verstohlen zur Uhr. Es war schon sieben. Justin war seit einer halben Stunde überfällig.
Jasmin war der Appetit vergangen. Sie legte die Gabel zur Seite. "I'm sorry, I'm not really hungry after eating all those biscuits." Es tat ihr wirklich leid wegen Mrs Mahoney, aber sie konnte dieses Zeug einfach nicht essen! Sie stand auf und schnappte sich ihre Krücken. "I think I'll go upstairs. I still have to **unpack** my suitcases."
"I'll help you in a minute", bot Daphne mit vollem Mund an. "Can I have some of your chips and curry in the meantime?"

to unpack
auspacken
to suck up to sb
sich bei jdm einschleimen

Jasmin nickte und hüpfte auf einem Bein zur Treppe und in ihr Blümchenzimmer.
Nach einer Weile kam Daphne hinterher und half ihr beim Auspacken.
"I don't like Jette much, but you really seem to hate her", sagte sie beiläufig.
"Hm." Sollte Jasmin Daphne beichten, dass sie befürchtete, Jette könnte ihr Justin ausspannen? Lieber nicht, entschied sie.
"I just don't like the way she **sucks up to** Gerald. I don't think she likes him all that much really. She's only being nice to him because she thinks he's got some kind of big music studio."
Daphne sortierte kommentarlos Jasmins Tops in die Schrankfächer. Dazwischen waren ein paar echte Angora-Unterhemden. Jasmin war entsetzt, ließ sich aber nichts anmerken. Die musste ihre Mutter noch heimlich in den Koffer geschmuggelt haben.

“Do you think Gerald knows what Jette is up to?”
Jasmin schüttelte den Kopf. “**Not yet**. He really seems to be in love with her. Have you seen the way he looks at her?”
“Poor Gerald”, seufzte Daphne voller Mitgefühl. “It’s **awful** to be **head over heels** in love with someone **who doesn’t care about you**.”
Für einen Augenblick wirkte sie unglaublich traurig. Jasmin stutzte und wollte gerade nachhaken, da rannte Daphne aus dem Zimmer. “Hang on a minute! I’ve got something to show you!”
Jasmin schaute erst hinter ihr her und dann auf den Wecker neben ihrem Bett. Es war genau halb acht und Justin war noch immer nicht da. Am liebsten hätte sie vor Wut den Wecker gegen die Wand geschleudert. Wie konnte er es wagen, sie hier so lange schmoren zu lassen? Offenbar hielt er es nicht einmal für nötig, ihr Bescheid zu sagen! Vermutlich hatte Jette ihn bereits rumgekriegt und er hatte sie darüber längst vergessen.
Freudestrahlend kehrte Daphne mit einer kleinen Schachtel zurück. “Look at this. Isn’t it beautiful?”
Sie zeigte Jasmin ein hübsches kleines Kästchen aus honigfarbenem Holz, versehen mit einem Bild der Herzkönigin.
“The Queen of Hearts”, seufzte Jasmin. “What’s inside?”
Daphne lachte. “That shouldn’t be too hard to guess.”
Sie hob den Deckel an, nahm den Stapel Spielkarten heraus, mischte und hielt sie Jasmin hin. “Pick a card.”

Not yet. Noch nicht.
awful schrecklich
head over heels Hals über Kopf
who doesn’t care about you dem du völlig egal bist

"You know I don't believe in that kind of stuff." Nur zögernd streckte sie ihre Finger nach den Karten aus.

In diesem Augenblick klingelte es an der Tür. Justin! Endlich!, schoss es Jasmin durch den Kopf und sie zog die Hand schnell zurück. Er kam die Treppe heraufgeeilt und klopfte an die Tür.

Daphne rief: "**I'm telling** Jasmin's **fortune**. Only members can join us today. So what's the secret **password**? **Have a guess!**"

"The Queen of Hearts", antwortete Justin, ohne zu zögern. "And I want to see my queen of hearts now!"

Daphne und Jasmin sahen sich überrascht an. "Wow! **Well done!** How did you work that one out?", rief Daphne, öffnete die Tür und schlüpfte an ihm vorbei hinaus. "Okay, you two **lovebirds** ... I'll leave you to it. I don't want to **play gooseberry**."

Jasmins Herz hämmerte gewaltig, sie musste sich sehr zusammenreißen. "You're late!" Sie schaute Justin vorwurfsvoll an.

"Five minutes, that's all", gab er überrascht zurück und warf einen Blick auf seine Uhr. "I said half past seven and it's only twenty-five to eight now. Are you always so keen on **punctuality**? Is that something typically German?"

Jasmin erschrak. Hatte sie ihn womöglich missverstanden? Half past seven ...

"Oh no! I was thinking in German!" Sie schlug sich gegen die Stirn und versuchte, Justin ihren Irrtum zu erklären.

to tell sb's fortune jdm die Zukunft vorhersagen
password Passwort
Have a guess! Rate mal!
Well done! Gut gemacht!
lovebird Turteltaube
to play gooseberry das fünfte Rad am Wagen sein
punctuality Pünktlichkeit

"Half past seven ist halb acht und nicht halb sieben! Do you understand? I just got **confused**. I'm sorry!"
Justin guckte sie einen Moment völlig überfordert an, aber dann setzte er sich erleichtert neben sie auf ihr Bett und zog ein großes weißes Plüschtier unter seiner Jacke hervor.
"So it was just a **misunderstanding**. Forget it! Here, this is for you, Jaz! And sorry I'm late."
Er überreichte Jasmin einen Kuschelhasen mit riesigen Schlappohren. "I saw you reading *Alice in Wonderland* and as far as I remember one of the main characters is a big white rabbit. This is to **remind** you **of** me when I**'m** not **around**."
"Thanks", flüsterte Jasmin zärtlich. "But what do you mean, when you're not around?", hakte sie vorsichtig nach.
"I'm going to be doing a lot of **rehearsing** soon." Er küsste sie. Meine Güte, was für wundervolle Augen er hat, dachte Jasmin. Wie konnte ich nur denken, er würde mich vergessen? Sie schloss ihre Augen und genoss den Moment. Es prickelte im ganzen Körper und sie wollte niemals aufhören, ihn zu küssen.
Aber Justin löste sich nach einer Weile von ihr. "I wanted to talk about the choreography for the *King of Hearts* this evening, but Mrs Mahoney said that you **needed an early night**", wisperte er zärtlich. "But we can talk about it soon, if that's all right with you?"
Sie nickte und ihr Herz klopfte so laut, dass sie glaubte, er müsse es hören. Sie zog ihn wieder an sich, um

confused verwirrt
misunderstanding Missverständnis
to remind sb of sth jdn an etw erinnern
to be around da sein
to rehearse proben
to need an early night früh ins Bett gehen müssen

ihn zu küssen, aber da klopfte jemand an die Tür. Es war die gute Mrs Mahoney.

"Wenn man vom Teufel spricht", flüsterte Jasmin enttäuscht.

"The devil? Did you say something about the devil?", stutzte Justin.

Nighty-night. Gute Nacht.

Jasmin musste lachen. Internationale Verständigung war wirklich eine komplizierte Angelegenheit.

Mrs Mahoney öffnete die Tür und schnell richteten sich die beiden auf.

"Sorry to interrupt you." Sie lächelte schelmisch. "The doctor at the hospital asked me to make sure that Jasmin gets to bed early tonight. You'll see each other again tomorrow."

Justin sprang auf und Jasmin begleitete ihn mit ihren Krücken zur Treppe. Im Vorbeigehen pochte er an Daphnes Zimmertür. "Bye, Daphne!" Man hörte nur ein Murmeln, es klang wie "**Nighty-night**."

Als er schon fast an der Haustür war, drehte er sich noch einmal zu Jasmin um. "Oh, and I think I've found a girl who can do the dance steps for us. I'll tell you more tomorrow. Sleep tight!"

Dann war er weg. Mrs Mahoney schloss die Haustür und Jasmin humpelte zurück in ihr Zimmer. Sie schnappte sich das weiße Kaninchen und beschloss, noch heute die Choreografie aufzuzeichnen. Mit geschlossenen Augen stellte sie sich abwechselnd Justin und dann sich selbst vor, wie sie für ihn tanzte. Anschließend versuchte sie alles zu notieren und der Stift flog nur so über das Papier.

EIN guter ERSATZ?

Am nächsten Morgen ging alles ganz schnell. Mrs Fletcher fuhr pünktlich mit ihrem knatternden Käfer vor und Mrs Mahoney rief noch hinter Jasmin her: "I'll pick you up at the school **car park** at half past ten. You have a **check-up** at the hospital at eleven."

Als sie an der Schule vorfuhren, war Jasmin überrascht. "Wow, it's all so ultra-modern. I was expecting something like Harry Potter's Hogwarts. It looks more like a **university** campus than a school!"

Daphne ging eilig voraus. "This is the Science **wing**. If we go through that door there, we'll get to the noticeboard outside the Chemistry lab."

Jasmin versuchte schnell hinterherzukommen, aber ihr rutschte dauernd die Schmetterlingstasche von der Schulter. Schließlich verhedderte sie sich auch noch in der Krücke und fiel zu Boden.

Daphne war sofort zur Stelle, um alles einzusammeln, was herausgefallen war, das Handy, *Alice in Wonderland*, die Digitalkamera. "I'm really **envious** of your camera", murmelte sie. Neugierig studierte sie ein paar Zettel mit eigenartigen Markierungen, von denen manche aussahen aus wie Schuhabdrücke.

"What's this?"

"Oh, those are just my choreography notes for Justin. He wants to find another dancer, and I'm going to **coach** her."

car park Parkplatz
check-up *hier*: Nachuntersuchung
university Universität
wing Flügel
envious neidisch
to coach vorbereiten

"Wow! I'm impressed – **even though I can't make head or tail of it**. But we'll have to rush ... it's already half past eight", rief Daphne. "Let's sign you up for the conservation project before the others arrive!"
Es war noch nicht viel los in den Gängen der Schule.
"Good", sagte Daphne, als sie vor dem Aushang mit den Listen standen. "Let's put your name on the right list."
Neben einer Tür hingen fünf Zettel, Daphne zeigte auf einen mit der Überschrift 'Large Blue Butterfly'.
"Lucky you – there's just one space left!", freute sie sich und reichte Jasmin einen Füller.
Bevor sie unterschrieb, überflog Jasmin die Namen auf der Teilnehmerliste: Daphne, Andrew, Cathy, Max, Lisa, Kim, Gerald, Matthew, Justin.
"Come on! Write your name under Justin's", drängelte Daphne, denn nun hörten sie Schritte. Jasmin kritzelte schnell ihren Namen in die letzte freie Zeile. Dann schaute sie sich in Ruhe die übrigen Zettel an.
"**Eagles**, spiders, toads ...", las sie und bemerkte nicht, dass plötzlich jemand hinter ihr stand.
"Aargh!", schrie diese Person, sodass Jasmin vor Schreck beinahe ihre Krücken fallen lassen hätte. "Du warst das Jasmin, nicht wahr? Du hast mich da eingetragen. Nur weil ich für dich einspringen soll! Aber damit kommst du nicht durch. Ich streiche meinen Namen sofort wieder durch."
Es war Jette, die jetzt verzweifelt ihre Tasche nach einem Stift durchwühlte.

even though auch wenn
I can't make head or tail of it. Ich werde daraus nicht schlau.
eagle Adler

to manipulate
fälschen
organizer
Organisator(in)

Jasmin starrte auf die Liste für Spinnen. Ganz unten als Letztes stand Henriettes Name. Das war sicherlich Cathys Werk! Jasmin konnte sich ein Grinsen nicht verkneifen. Ihr Blick wanderte zu Daphne, die offenbar verstanden hatte, worüber Jette sich aufregte, und deren funkelnde Augen hämische Schadenfreude verrieten.

Daphne schüttelte den Kopf und nahm Jasmin gegen Jettes Verdächtigung in Schutz. "It can't have been Jasmin; I was with her all the time, so I'd know."

Da öffnete sich die Tür zum Chemieraum und ein Mann kam heraus.

"Are you trying to **manipulate** the lists?", fauchte er Jette an, die mit gezücktem Stift vor ihm stand.

Sie schüttelte unschuldig den Kopf und schenkte ihm ein, wie sie offenbar glaubte, verführerisches Lächeln. Er rümpfte die Nase. Dann fiel sein Blick auf Daphne und er sagte:

"Miss Mahoney, won't you please introduce me to your friends?"

"Yes, sir", antwortete die höflich und stellte ihm die beiden vor. "This is Mr Mason, our Biology teacher, and the **organizer** of the conservation project", erklärte sie anschließend Jasmin und Jette.

Tina hatte Jasmin schon vor diesem Lehrer gewarnt. Er sei sehr unfreundlich, hatte sie berichtet, und man müsse ihn immer mit *sir* ansprechen, sonst würde er ausflippen.

"Good morning, sir", begrüßte sie ihn deshalb betont höflich.

Jette drängte sich dazwischen.
"Mr Mason, please. I would like to take part in the butterfly project. But somebody ..." sie stierte vorwurfsvoll zu Jasmin hinüber, "... somebody has put my name down – ***by mistake*** - for the spider project. I'm ... er ... allergic to spiders."
Mr Mason schaute sie eine Weile mit durchdringendem Blick an.
"Well, Henriette", sagte er schließlich, wobei er ihren Namen in die Länge zog, "as you can see the butterfly project is full." Er inspizierte die Listen. "It appears that this young lady here, Jasmin, was the last person to put her name down for it."

by mistake aus Versehen
slope Böschung
to cross off durchstreichen
flu Grippe

Jasmin konnte nicht widerstehen, ihrer Erzfeindin einen triumphalen Blick zuzuwerfen. Aber Mr Mason war noch nicht fertig. "But unfortunately, Jasmin, I must take you off the list. You've got a broken leg and I don't think you'll be able to manage the steep **slopes** on Collard Hill with crutches."
Jasmin schnappte nach Luft. "But ..."
Natürlich mischte sich Jette sofort ein. "Well, that's wonderful, Mr Mason. Shall I **cross** Jasmin's name **off** and write mine in instead?"
"Not so fast, young lady. I'm afraid somebody else asked before you. Maurice has been ill with **flu**. Now he's better and his mother phoned me at home last night and asked me to put his name down on the list."
Er strich Jasmin von der Liste und trug Maurice an ihrer Stelle ein.
"But there's no way I can do the spider project. I real-

ly am allergic to them, Mr Mason. **Honestly**", insistierte Jette.
Mit der Geschwindigkeit eines Panthers drehte sich Mr Mason um.
"Please call me sir!", schnauzte er sie an. Dann schrieb er ihre beiden Namen auf eine ganz andere Liste, und zwar untereinander.
"Well, young ladies", schnarrte er böse. "I can see that the two of you **get on like a house on fire**, so I'll put you both down for the same project. It's a very interesting animal. I'm sure you'll love it."
Damit verschwand er wieder und schloss die Tür hinter sich.

honestly ehrlich
to get on like a house on fire sich blendend verstehen

"Great crested newt", las Jasmin laut. "Hast du eine Ahnung, was für ein Tier das sein könnte? Ein great crested newt?"
"Ohne mich, das sag ich euch", presste Jette statt einer Antwort wütend hervor. "Not me! Unter keinen Umständen werde ich im Schlamm wühlen und *Molche* retten!"
Jasmin und Daphne starrten hinter der wütend davonrauschenden Jette her.
Jasmin schoss etwas durch den Kopf, was Jette vorhin erwähnt hatte. Dass Jette für sie einspringen sollte. Was meinte sie damit?
Bevor sie Daphne fragen konnte, rief die erfreut: "Oh look, there's Gerald! Hey Gerald! Are you looking for Jette? You just missed her."
Er kam schnell auf sie zu und Daphne berichtete ihm kurz, was vorgefallen war.

Gerald war empört. "Poor Jette", stieß er hervor, aber dann huschte ein Lächeln über sein rundliches Gesicht. "I know what. I'll just **transfer** to the newt group. So I'll be with Jette, and Jasmin can take my place in the butterfly group."

Daphne bremste seine Begeisterung. "I think you'll need Mr Mason's permission. He said that Jasmin couldn't go up Collard Hill because she's on crutches."

Aber Gerald ließ sich nicht erschüttern. "That's nonsense. It's not that steep. Don't worry. I'm a bit of a **teacher's pet**. If I ask him nicely, it will be no problem. Where is he?"

"In the lab. Be careful, though. You might not come out alive. He's doing one of his famous experiments. Who knows – he might **turn** you **into** a newt."

to transfer überwechseln
teacher's pet Lieblingsschüler(in)
to turn sb into sth jdn in etw verwandeln

NEWTS GALORE

"Let's go to the cafeteria. I have to have something to drink", schlug Daphne vor, als Gerald im Laboratorium verschwunden war.

spare überzählig
straw Strohhalm
weird seltsam
habit Gewohnheit
to itch jucken
gross eklig
sweat Schweiß

Die Cafeteria war modern und hell. Sie setzten sich an ein offenes Fenster und tranken eine Cola. Es war ziemlich warm geworden und Jasmin schwitzte. Unter dem Gips wurde es nicht nur heiß, sondern es begann fürchterlich zu jucken. So unauffällig wie möglich versuchte sie, sich mit ihrem Strohhalm unter dem Gips zu kratzen.

"Hi, girls." Justin tauchte auf mit einem Kaffee und einer Flasche Wasser, zog einen Stuhl neben Jasmin und küsste sie zur Begrüßung. Schnell legte Jasmin ihren Strohhalm auf den Tisch. Justin schnappte ihn sich. "Oh, a **spare straw**. I forgot to get one. Can I have it?"

"No!", sagte Jasmin barsch und riss ihm den Strohhalm aus der Hand.

"There she goes, biting my head off again", seufzte Justin.

"Maybe collecting drinking straws is some **weird** German **habit**", versuchte Daphne sie kichernd zu entschuldigen.

Jasmin wurde verlegen. "No, it's not that. It's just that it's so hot in here and, um ... my leg **was itching.**"

Justin küsste sie noch einmal. "It sounds **gross** but I even love your **sweat**, my queen of hearts."

"**Mission accomplished**, folks." Gerald kam und warf sich auf einen Stuhl. "**As far as Mr Mason is concerned** Jasmin can join the butterfly project if she wants to. Did I do well?"
Daphne applaudierte begeistert.
"That's great, Justin", freute sich Jasmin. "We can help save the large blue butterfly together! And you know what?"
Jasmin wollte ihren Freunden endlich von ihrer Idee mit dem Konzert zur Rettung der Wale erzählen, aber Justin unterbrach sie. "Well, Jaz", druckste er. "There's something I've been meaning to tell you ... I've got so much work on with the *King of Hearts* that I asked Mr Mason for permission to **drop out of** the conservation project. He said it would be okay."

Mission accomplished. Auftrag ausgeführt!
as far as Mr Mason is concerned *hier*: Mr. Mason hat nichts dagegen
to drop out of sth aus etw aussteigen
to train trainieren
stand-in Ersatz

"Does that mean that you won't be taking part in the butterfly project?" Jasmin starrte ihn ungläubig an.
Er nickte. "I won't actually be taking part in any of the projects. But that doesn't mean that we won't be able to see each other. We'll see a lot of each other. I want you to come to rehearsals as often as possible to **train** your **stand-in**."
Ihr schwante nichts Gutes. "What do you mean by stand-in, Justin?"
Nervös fummelte Justin am Strohhalm. "I've been trying to find a girl who can dance at least half as well as you, Jaz. And you know what? It just isn't possible. Nobody I know can do it, except ..."
"Except who, Justin?"

"Jette", stieß er hervor.

"No!", rief Jasmin. Ihr Herz raste in wilder Empörung. Sie sprang auf. Ein wilder Schmerz durchfuhr ihr eingegipstes Bein und sie sank wieder auf den Stuhl zurück.

Justin versuchte sie zu beschwichtigen. "Well, she **obviously** can't dance as well as you. Who could? I know it's a lot to ask, Jaz. I know the two of you don't get on that well. But it's **for the sake of** the band."

"No way!" Jasmin griff wütend nach ihren Krücken und humpelte aus der Cafeteria hinaus.

obviously offensichtlich
for the sake of um ... willen
human menschlich
hyper überaktiv
to be a bully andere schikanieren

Wie konnte er ihr das nur antun? Sie wollte weg. Vorbei am Biologiesaal, vorbei an all den anderen Schülern, die jetzt die Gänge bevölkerten. Tränen liefen über ihr Gesicht. Ihre Arme schmerzten unerträglich. Sie hielt einen Moment inne und starrte auf ein Plakat mit einem Skelett und der Aufschrift: *There are 206 bones in the **human** body.*

"Jette, du verdammtes Biest", zischte sie, "wenn ich dich erwische, dann brech ich dir alle deine 206 Knochen einzeln."

"What's the matter with Jette?" Plötzlich stand Peregrine mit einem freundlichen Lächeln vor ihr. "She seems a little **hyper**. Is she always like that?"

Am liebsten wäre Jasmin ihm um den Hals gefallen. "Jette is so arrogant. She's a **bully**. She thinks so much of herself that she can't stop looking at herself in the mirror all day long!"

Peregrine starrte sie an und sie starrte zurück. Er sah wirklich verdammt gut aus. So geheimnisvoll.
"That reminds me of the Queen ..." wisperte er.
Jasmin lachte etwas zu laut. "Do you mean the Queen of England? I thought it was **against the law** for British people to **insult** their Queen!"
"You're right." Perry grinste. "If we insult our Queen and she hears about it, she **has** us all **beheaded**!" Er musste lachen. "But seriously ... I didn't mean Queen Elizabeth. Jette reminds me of the evil Queen in ***Snow White***. The one who's always looking in her mirror and saying, 'Mirror, mirror on the wall, who is the **fairest** of them all?'"
Jasmin lachte. Das passte hervorragend zu Jette!
"Oh, I have to be off", unterbrach Perry ihr Gelächter. "I promised Mr Mason that I'd be team leader in my conservation project and I have to pick up all the folders. I'll see you later." Er lächelte ihr noch einmal zu. "By the way, I'm glad that you're taking part in my project."
Jasmin stutzte. "Which project are you in, then?"
"The great crested newt project, of course", sagte er, und lief den Gang hinunter.
"There you are, Jasmin."
Jasmin erschrak und fuhr herum. Daphne war wie aus dem Nichts aufgetaucht und reichte ihr die Schmetterlingstasche.
"I've been looking for you everywhere. You forgot your bag. Justin's very **upset**. He feels terrible ..."

against the law gesetzlich verboten
to insult beleidigen
to have sb beheaded jdn köpfen lassen
Snow White Schneewittchen
the fairest die Schönste
upset aufgebracht

"He should! And he's probably only worried about the future of the *King of Hearts*", schimpfte Jasmin.

basically im Grunde
site Platz
minibus Lieferwagen

Daphne versuchte sie zu bremsen. "Don't be like that, Jasmin. Of course he's worried about the *King of Hearts*. He's put a lot of work into getting the band where they are now, and Nick's gone off just when an agent is getting interested. But Justin cares for you too."

Jasmin war nicht überzeugt. "He only needs me to replace Nick, that's all. And now he expects me to train Jette, of all people!"

"Here you are, Jasmin." Perry kehrte zurück mit einer Mappe, auf der ein Foto klebte. Jasmin starrte auf das Bild eines schwarzen Molchs mit einem aufgestellten Kamm. Perry ignorierte Daphne und redete nur mit Jasmin. "All the information you need about the newt is in here. **Basically** we have to visit some possible **sites** and take photographs of any newts we find. I'll tell you more tomorrow. We're driving to the sites in a **minibus**. See you tomorrow, Snow White!" Und dann verschwand er wieder.

"Newt project? I thought you wanted to transfer to the butterfly project?", erkundigte sich Daphne völlig irritiert.

"Well, I was going to. But I haven't had time to take my name off the newt list yet ... and now I think I'll leave my name on there."

Daphne musterte sie kritisch. "Why did Perry call you 'Snow White'? Have you two been talking to each other?"

"Well, it's no crime to talk to each other, surely?", erwiderte Jasmin grantig. Was wollte Daphne eigentlich?
"Forget Peregrine Brewster, Jasmin. You'll only get hurt. **He's out of your league**. He's a **snobbish**, stuck-up rich kid. He's not like us. Wait until you meet his father, *Sir* Robert Brewster! He's so rich – he's always buying up land and building shopping centres. Wait until you see how big their house is! It's like Buckingham Palace!"
"Are you saying that I'm not good enough for Perry?" Jasmin ärgerte sich. Was mischte sich Daphne in ihre Angelegenheiten? Sie konnte ja wohl noch reden, mit wem sie wollte.

He's out of your league. Der spielt in einer anderen Liga.
snobbish snobistisch

Daphne starrte sie verzweifelt an. "That's not what I meant, Jasmin. That's not what I meant at all."
Mit diesen Worten machte sie auf dem Absatz kehrt und rannte den Gang hinunter. Jasmin blieb allein zurück. Die Türen zu den Klassenzimmern fielen nach und nach ins Schloss. Der Unterricht hatte begonnen.
Jasmin humpelte hinaus in die Sonne, setzte sich unter einen herrlich blühenden Baum und wartete, bis Mrs Mahoney sie abholen würde zu ihrem Arzttermin. Sie wusste nicht, was sie machen sollte, sie fühlte sich verraten und unverstanden. Sie hatte keine Ahnung, wie sie sich verhalten sollte, und war froh, nicht mit den anderen in der Klasse sitzen zu müssen.

JASMIN allein zu Haus

Beim Mittagessen herrschte eisiges Schweigen zwischen den Mädchen. Es gab endlich Fish and Chips, aber so richtig schmecken wollte es Jasmin nicht. Die Atmosphäre war kaum auszuhalten.

Schließlich sprang Daphne auf und telefonierte eine Ewigkeit. Als sie zurückkehrte, redete sie nur mit ihrer Mutter und behandelte Jasmin wie Luft.

"Mum, I've decided to stay at Lisa's for a week, just while I'm doing the project. She lives close to Collard Hill, so I won't have to get up so early. Okay?"

Ihre Mutter stutzte zunächst, dann nickte sie. "Well, okay, Daphne, but what about Jasmin?"

Weiter kam sie nicht, denn Daphne war schon aus der Küche geflohen.

Mrs Mahoney schaute Jasmin fragend an.

"What's up?", fragte Mrs Mahoney leise.

Jasmin zuckte unsicher mit den Achseln. "I'm not sure, Mrs Mahoney."

Mrs Mahoney räumte den Tisch ab und Jasmin arbeitete sich mit ihren Krücken mühsam die Treppe hinauf. Oben hielt sie einen Augenblick vor Daphnes Tür inne und überlegte, ob sie anklopfen sollte, entschied sich jedoch dagegen. Wieso sollte immer sie sich entschuldigen? Wofür überhaupt? Sie hatte doch wirklich nichts Schlimmes getan. Sie schlug demonstrativ die Tür ihres Zimmers hinter sich ins Schloss. Nichts war mehr in Ordnung, am liebsten wäre sie auf der Stelle nach Hause geflogen. Sie zog ihr Handy hervor und tippte eine Nachricht an Tina.

Hi Tina, I miss you. Things are strange here in Bath. Daphne isn't talking to me anymore. And Justin wants me to teach Jette how to dance. KIT, Jasmin

Erst nachdem die Nachricht abgeschickt war, bemerkte sie, dass sie alles auf Englisch geschrieben hatte. Immerhin, dachte sie bitter, habe ich wenigstens schon etwas Englisch gelernt.

Sie hörte Türen klappen, dann ein Auto anspringen, und humpelte ins Treppenhaus.
"Mrs Mahoney?", rief sie.
Keine Antwort.
"Daphne?"
Wieder nichts.
Sie war allein zu Haus.
Vor ihrer Zimmertür lag allerdings ein Zettel, sicherlich eine Nachricht von Daphne, ein Abschiedsbrief oder irgendetwas Ähnliches.
Aber es war der Ausdruck einer E-Mail von Perry mit der aktuellen Teilnehmerliste seiner Gruppe. Einen Augenblick lang starrte sie auf die Haustür. Daphne war tatsächlich einfach für eine Woche abgehauen. Tränen stiegen ihr in die Augen. Sie fühlte sich unendlich einsam.
Sie setzte sich auf die oberste Treppenstufe und starrte auf die Liste der Namen. Immerhin war Jette nicht dabei. Sie hatte es sicherlich irgendwie geschafft, mit Daphne auf Schmetterlingsjagd zu gehen.

In ihrer eigenen Gruppe waren außer ihr offensichtlich lauter Jungen. Gerald und Snowflake gehörten dazu, und natürlich Perry. Wenigstens war sie nicht mit lauter Schülern zusammen, die sie nicht kannte.
Sie überflog den Brief von Perry an alle Teilnehmer. Er hatte notiert, was sie alles benötigten:

- **waterproof** clothes (it might be muddy)
- **Wellington boots** (see above)
- a **torch** (newts are **nocturnal creatures**)
- a **compass** if possible
- and please don't bring any **personal belongings** (cameras, mobile phones, **wallets**, MP3 players ...)

waterproof wasserdicht
Wellington boot Gummistiefel
torch Taschenlampe
nocturnal nachtaktiv
creature Wesen
compass Kompass
personal persönlich
belongings Habseligkeiten
wallet Brieftasche

Wie sollte sie mit ihrem Gips im Dunkeln durch das nächtliche Gelände laufen? In Gummistiefeln! Ihre Lust auf das Projekt war auf dem Nullpunkt. Warum meldete sich Justin eigentlich nicht, wenn es ihm ihretwegen wirklich so schlecht ging, wie Daphne behauptet hatte? Jasmin hätte so gern mit irgendjemandem geredet. Sie beschloss kurzerhand, Gerald anzurufen, auf Perrys Liste waren alle Telefonnummern verzeichnet. Sie humpelte die Treppe hinunter und wählte seine Nummer.
"Hello?"
Es war Jette! Jasmin atmete tief durch.
"Hi. Ich bin's, Jasmin. Kann ich bitte Gerald sprechen?"

“Ach, du bist es, meine Liebe”, säuselte es am anderen Ende. “Gerald ist leider unabkömmlich und ich muss gleich mit Geralds Vater ins Studio.”
Jasmin verkniff sich eine Bemerkung dazu. Sollte Jette ruhig selbst merken, was das für ein “Studio” war.
“Okay”, sagte sie kurz angebunden. “Dann viel Erfolg im Studio und sag Gerald, dass ich angerufen habe.”
Sie legte auf, ohne Jettes Antwort abzuwarten, und wählte Snowflakes Nummer.
Der meldete sich mit verschlafener Stimme. Offenbar hatte sie ihn geweckt.
“Hi, Snowflake. It’s me, Jasmin. I’ve just realized that we’re in the same project group. I don’t really know anything about newts. Can you tell me anything?” In Wahrheit interessierte sie dieser Molch im Augenblick überhaupt nicht, sie wollte einfach nur mit irgendjemandem reden, ganz gleich, worüber.
Snowflake gähnte herzhaft. “Sorry, Jasmin. I don’t know that much about great crested newts either. Just that they’re almost **impossible** to find as they’re so rare. I was going to read the folder later. All I know is that newts are more or less nocturnal creatures, so we’ll have to do most of the work in the evening. I think I’ll have a quick nap. Why don’t you just give Perry a call? He’s project leader so I’m sure that he’ll know much more than me.”

impossible
unmöglich

Enttäuscht legte Jasmin auf. Sollte sie vielleicht auch besser ein Stündchen schlafen? Es war noch genug Zeit bis neun Uhr. Aber sie war überhaupt nicht müde.
Eine höfliche Frauenstimme antwortete, als sie Perrys Nummer gewählt hatte. “Hello?”

Vermutlich seine Mutter, dachte Jasmin.
"Hello. My name is Jasmin. I'd like to speak to Perry if possible, please."
"No problem – hold on a minute and I'll try to find him."
Dann ertönte Musik und im Hintergrund sprach eine künstliche Automatenstimme: "**Please hold the line**. Please hold the line ..."
Jasmin war irritiert. War sie in einem Büro gelandet? Oder war das Haus so groß, dass man stundenlang nach den anderen Bewohnern suchen musste? Sie lächelte bei der Vorstellung, dass man mit Roller Blades durch die großen weiten Hallen von Zimmer zu Zimmer fahren musste.

Please hold the line. Bitte warten.
Go ahead. Nur zu.
to bring along mitbringen
snack Imbiss

Jetzt knackte es in der Leitung. Im Hintergrund schrie ein Mann unverständliche Worte. Sie hörte, wie eine Tür geschlossen wurde, und das Gebrüll wurde leiser.
"Hi, Snow White! What's up?" Perrys Stimme war gedämpft.
Jasmin war das Ganze auf einmal unendlich peinlich, sie hatte das Gefühl, mit ihrem Anruf zu stören, und hätte am liebsten wieder aufgelegt.
"Hi, Perry. I hope I'm not bothering you?"
"No – not at all. **Go ahead.**"
"I just wanted to know if there was anything special I should do tonight. I can't really move around much with my leg, but maybe I can **bring along** a **snack** or something ..."
Perry dachte einen Moment nach. "That's a good idea. I'll remind the others to bring some food, too. You

won't have to walk around much. If you want you can sit most of the time and take notes. Basically the project is about finding these newts. All we have to do is visit a few sites and see if we can find any there. If we do, we have to record how many and try to get a good photograph with a special camera."
Jasmin stutzte. "But it says we should leave our cameras at home."
"That's right", erklärte Perry geduldig. "But we have a *special* camera that can take photos in **dim** light without a **flash**. That's the only one we'll need. I don't expect we'll see many newts anyway. They like to hide under stones and in water. But if we do find a great crested newt it could be important. They're an endangered species, so it would mean nobody would be allowed to **develop** the land."

dim dämmrig
flash Blitz
to develop erschließen
to have a crush on sb in jdn verknallt sein

Im Hintergrund wurde diese Männerstimme wieder lauter. Perry hielt inne. "Sorry, Jasmin, I have to go. See you at nine o'clock this evening. Bye."
In dem Moment drehte sich ein Schlüssel im Schloss der Haustür und Mrs Mahoney trat ein.
Jasmin fühlte sich irgendwie ertappt und legte schnell den Hörer auf, aber das war ganz überflüssig.
"Sorry, Mrs Mahoney, I was just talking to Perry – he's the project leader ..."
"Relax, Jasmin. You don't have to explain. You can use the phone any time you want. I'm glad Perry is in your group. He's a really nice boy. Did Daphne tell you that she used to **have** a bit of **a crush on** him?"

furious wütend
scooter Roller
to communicate in Verbindung sein
recently in letzter Zeit
to text SMS schreiben
secret code Geheimsprache
text message SMS
abbreviation Kürzel
to come in handy nützlich sein

Mrs Mahoney hielt inne und schaute Jasmin einen Moment nachdenklich an. "Oh dear. I shouldn't have mentioned that. Please don't say a word to her. She'd be **furious** with me. Did you two have a fight or something, by the way? Daphne wouldn't tell me anything."
"No idea. I was just talking to Perry at school, and ever since ..." Natürlich! Jetzt fiel es ihr wie Schuppen von den Augen: Daphne war eifersüchtig, weil Perry sie hatte abblitzen lassen, sich aber ganz offensichtlich für Jasmin interessierte.
Mrs Mahoney wollte die Tür schließen, als ein blauer Motorroller vorfuhr.
"Look, here's Justin on his **scooter**", erklärte sie.
Justin nahm seinen schwarzen Helm ab. "Hello, Mrs Mahoney. Hi, Jaz."
Jasmin war noch immer wütend auf ihn und wollte schon lospoltern, aber Mrs Mahoney ergriff das Wort und kam ihr zuvor. "Hello, Justin. Have you heard anything from Nick? Does he like Germany?"
Justin schüttelte den Kopf. "I'm sorry, Mrs Mahoney. I have no idea. Nick and I **have**n't **been** ... um ... **communicating** very well **recently**."
"And I thought you kids **were** always **texting** each other", erwiderte Daphnes Mutter erstaunt. "Why, there was even an article about it in yesterday's newspaper called *Understanding the* ***Secret Codes*** of Today's Teenagers. There was a list of **text message abbreviations**. Shall I get it for you, Jasmin? It might **come in handy**."

Jasmin nickte. "Thank you very much, Mrs Mahoney. I'd like that."
Und Mrs Mahoney verschwand im Haus.
"Jaz, **honey**. Don't be angry with me. I'm just trying to find a way to make our band famous", versuchte Justin ihr zu erklären.
Er wollte sie umarmen, aber sie wehrte ihn ab. "You mean you just want to make *yourself* famous."
Er sah sie enttäuscht an. "No, that's not it at all, Jaz. You don't understand. It's not just me – it's the *King of Hearts*. Gerald and Nick have put so much work into it, too. And Anorak-Andy has done a lot on the **technical** side. This is our one big chance!"

honey Süße
technical technisch
to convince überzeugen

Jasmin blickte in seine wunderbaren blauen Augen. Und hatte wieder Schmetterlinge im Bauch. Diese Augen konnten einfach nicht lügen! Jasmins Ärger schmolz wie Butter in der Sonne, sie konnte ihm nicht länger böse sein.
"Can't you find anybody else to coach Jette? She's not interested in the band – she's only thinking about herself and ..." Sie unterbrach sich. Er sollte nicht wissen, dass sie eifersüchtig war, dass sie sicher war, Jette würde Justin anbaggern, und dass sie Angst davor hatte. Sie wollte ihm so gerne vertrauen! Aber das war gar nicht so einfach.
Justin nahm sie in seine Arme, und jetzt ließ sie es geschehen. "Jasmin, help me out here! There's nobody apart from you who can do it. Please. It's for the band – and for us. We just have to **convince** the agent

now – later on you can dance in the video and not Jette. I promise!"
"Okay, Justin." Er hatte es geschafft, sie würde Jette trainieren. Nicht für die Band, sondern für ihn, um ihm zu zeigen, dass sie ihm vertraute. Sie küsste ihn.
Hinter ihnen räusperte sich Mrs Mahoney.
Justin löste sich aus ihrer Umarmung.
"I'll see you tomorrow, Jaz. The rehearsals are going to be at Perry's. I'll pick you up at eleven. Is that okay?"
Jasmin nickte, aber sie war enttäuscht darüber, dass er schon wieder losmusste.
"Bye, Mrs Mahoney, bye, Jaz! If this were a text message, I'd say K.I.T.", rief er und warf Mrs Mahoney einen Handkuss zu.
"Hang on", murmelte sie. "I just saw the abbreviation K.I.T. on this list. Ah, yes, here it is. It means **Keep In Touch**! And – have a look: H&K means Hugs and Kisses. BFN means Bye For Now. So far so good. Do you want to look any up?", erkundigte sie sich bei Jasmin.
"Ah yes, Justin once texted me and **signed off** with something like IWALI or IWOLY."

> **Keep in touch!** Lass von dir hören!
> **to sign off** sich verabschieden

Mrs Mahoneys Augen flogen über die Liste der Abkürzungen.
"A-ha. Here's something. Was it IWALY by any chance?"
Jasmin versuchte sich an die letzte Nachricht von Justin zu erinnern. "Yes, I think that was it. What does it mean?"

Mrs Mahoney reichte ihr die Zeitung, ohne eine Miene zu verziehen. "See for yourself."
Jasmin suchte und fand: *IWALY = I Will Always Love You.*
Jasmin stockte der Atem. Er hatte ihr eine richtige Liebeserklärung gemacht, und sie hatte es nicht einmal bemerkt. Stattdessen hatte sie ihm misstraut. Sie dachte an seine Augen, seine Küsse. Und lächelte selig.

Als sie allein in ihrem Zimmer war, zog sie das Handy hervor. Zwei neue SMS wurden angezeigt. Eine stammte von Tina, die andere von Nick. Nicks Nachricht las sie zuerst.

Hi Jasmin. Did Justin get the new ***lyrics*** *I sent him? How is the band doing? What's happening? Justin isn't answering any of my emails. Please let me know* ***what's going on****. H&K, Nick*

lyrics Liedtext
what's going on was abgeht
to be under pressure unter Druck stehen

Der Ärmste wusste gar nicht, was hier alles los war. Rasch tippte sie ihm eine Antwort.

Nick, calm down! Everything's fine. Rehearsals start tomorrow. Justin ***is under*** *a bit of* ***pressure*** *because he's organizing everything by himself. Stay cool, BFN, Jasmin.*

Und Tina schrieb:

Jasmin, das hört sich ja toll an! Du wirst die arme Jette trainieren? Sie kann nicht besonders gut tanzen, finde ich. Ich vermisse dich auch. Nick schreibt den ganzen Tag neue Lyrics. Sdedg, Tina.

Tina hatte wohl Recht. Man musste das Ganze einfach nur positiv betrachten.

NACHTSCHICHT

Anstatt zu schlafen, beschloss Jasmin, in ihrem Buch weiterzulesen. Die Herzkönigin, eine lebendige Spielkarte, schimpfte lautstark: “Off with their heads! Off with their heads!”
Im Flur klingelte das Telefon und Sekunden später rief Mrs Mahoney nach Jasmin. Sie hüpfte auf ihrem gesunden Bein die Treppen hinunter, so schnell es ging.
“Hi, Jasmin!”
Es war Gerald. Jasmin hörte sofort, dass irgendetwas mit ihm nicht stimmte. “What's up, Gerald?”
“It's Henriette. She'**s been acting** strangely.” Er klang etwas weinerlich.
Jasmin tröstete ihn. “Henriette always acts strangely! But what exactly has she been doing?”
“She's angry with me. Something about my Dad's studio. I really don't understand why she's angry with me. Usually she's so sweet.”
Als Jette festgestellt hatte, dass es überhaupt kein professionelles Studio gab, war sie ausgeflippt. Das war Jasmin ja von Anfang an klar gewesen. Aber sie beschloss, Gerald nichts davon zu sagen, um ihn nicht unnötig zu verletzen.
“Gerald, I'm not sure what Jette's problem is. But if I were you, I'd just **ignore** her. She'll calm down sooner or later. By the way, do you know which project she's doing?”

to act
sich benehmen
to ignore
ignorieren

"She's decided not to do any of the projects. She says it's her holiday and she wants to **concentrate** on the rehearsals." Er klang maßlos enttäuscht.
"Relax, Gerald. Why don't you just leave her alone until she's feeling better? I'll see you tonight."

to concentrate sich konzentrieren
marsh Marsch
disused *hier:* unbebaut
to spread out (sich) ausbreiten

Am Abend hockte sie zwischen einigen pickeligen Jungen in einem Minibus, den Perrys Vater freundlicherweise zur Verfügung gestellt hatte, inklusive eines Chauffeurs, der pausenlos rauchte. Sie studierten die Karte.
"What kind of places are these?", erkundigte sie sich.
"They're all areas where there's plenty of water – ponds or **marsh**. Just the kind of place where we might find a great crested newt. Most of the sites are on **disused** land", erklärte Perry.
"What does disused mean?", wollte sie wissen.
"It just means that there aren't any buildings on them at the moment", antwortete Gerald. "Maybe there were in the past, or maybe people will build houses there in the future, but at the moment there's nothing there."
Sie fuhren etwa eine halbe Stunde durch die Straßen von Bath, bis der Chauffeur den Wagen stoppte und anfing, sich eine neue Zigarette zu drehen.
"Okay. This is site number one," sagte Perry. "Be careful – don't trip over any rocks or stones", warnte er Jasmin, die auf ein unwirtliches Gelände starrte und nicht wusste, wie sie mit ihrem Gipsbein hier vorankommen sollte.
"We should **spread out**", schlug Perry vor.

Jasmin setzte sich auf einen Stein und beobachtete den Boden um sich herum. Keine Molche. Nicht mal Ameisen. Gar nichts gab es hier. Jedenfalls im Moment nicht.

Nach ungefähr einer Stunde trommelte Perry alle wieder zusammen. “There are definitely no newts anywhere near here”, stellte er fest. Seine Hände und Gummistiefel waren voller Schlamm. Er nahm seine Aufgabe offensichtlich sehr ernst.
“Are you very interested in newts?”, fragte Jasmin.
Er lächelte. “When I was younger, I used to keep a couple of newts. So I certainly don’t have anything against them.”
“I think English people are very *tierlieb* – um – kind to animals.”
Perrys Gesicht verfinsterte sich. “Well, not all English people are. Some don’t care about animals at all.”
Dann half er Jasmin in den Bus und nestelte während der Fahrt an der Kamera herum, die ansonsten sorgfältig verschlossen in einer Kiste lag.
“Your dad must be very rich”, flüsterte Jasmin ihm bewundernd zu. Perry nickte nur kommentarlos und lächelte flüchtig.
Offensichtlich wollte er im Moment nicht reden.

REHEARSING

Nachdem sie noch ein weiteres Grundstück besucht hatten, hatte der Chauffeur sie alle bis vor ihre Haustüren gefahren. Jasmin war hundemüde in ihr Bett gefallen und hatte durchgeschlafen, bis ihr Wecker klingelte. Sie wachte auf und ihr erster Gedanke war: Justin! Und der zweite: Auf zur ersten Probe mit Jette.

Pünktlich fuhr Justin mit seinem Motorroller vor.

Ihr Gipsbein baumelte an der Seite und Jasmin klammerte sich wie ein Äffchen an Justin, während der so vorsichtig wie nur möglich durch Bath fuhr.

Sie kamen zu einem mindestens zwei Meter hohen Zaun mit einem eisernen Tor.

"Here we are. This is where Perry lives. It's quite a big place, actually. It was nice of him to offer to let us rehearse here. The other place I went to look at was much too small", rief er über den brummenden Motor seines Rollers hinweg und klingelte.

"Who is it?", ertönte eine verzerrte Stimme aus einem Lautsprecher. Darüber entdeckte Jasmin eine kleine Kamera, die anscheinend die Auffahrt zum Tor filmte.

"It's Justin and Jasmin. We're here for the rehearsal", gab er zurück.

Das Tor öffnete sich mit leisem Quietschen und sie fuhren einen von schönen alten Bäumen gesäumten Weg entlang, vorbei an einer riesigen Villa.

"That's where he lives, over there", brüllte Justin nach hinten.

Es war riesig. Tatsächlich wie ein Hotel, dachte Jasmin.
Sie ließen das Wohnhaus links liegen und kamen schließlich zu einem kleineren Häuschen.
“This is their guesthouse”, rief Justin und jetzt entdeckte Jasmin auch Gerald und Jette, die bereits warteten.
Justin bremste und Gerald eilte herbei, um Jasmin vom Roller zu helfen.
Jette lächelte scheinheilig.
“Poor Jasmin, does it hurt?”
“No, not at all”, erwiderte Jasmin und gab sich Mühe, freundlich zu bleiben und keinerlei Schwäche zu zeigen.
Das Haus stand offen und in der Eingangshalle, die größer war als die meisten Wohnungen, die Jasmin von innen gesehen hatte, war schon alles aufgebaut. Andy fummelte an der Drum-Machine herum und Jette stürzte sich auf das alte Klavier. Sie begann mit Hingabe, einen Song der *King of Hearts* zu intonieren. Völlig überzogen, dachte Jasmin. Aber sie stoppte diese Gedanken gleich wieder und gab sich die ganze Zeit über viel Mühe, geduldig und freundlich mit ihr zu proben, während Justin und Gerald mit Anorak-Andy am Rhythmusgerät Songs einstudierten.

MOLCHE, STERNE und ein Kuss

Jasmin saß wieder einmal auf einem Stein irgendwo auf einem einsamen, verwilderten Grundstück. Es sollte der letzte Tag ihrer Untersuchungen sein und alle waren etwas frustriert. Bisher hatten sie erst ein einziges Mal diese Molche entdeckt, das war am zweiten Abend gewesen, irgendwo in einem verlassenen Steinbruch. Heute kam Jasmin die Zeit unvorstellbar lang vor, viel länger als sonst. Sie hatte ihre Schmetterlingstasche dabei, weil sie mit Mrs Mahoney *jam tarts* gebacken und mehrere Tüten davon eingesteckt hatte, damit es für alle reichte. Sie hatte vergessen, ihr Handy und ihre Kamera aus der Tasche zu nehmen, bevor sie losgefahren waren, aber das brauchte ja keiner zu wissen.

> **How's it going?** Wie läuft's?
> **What's the point?** Was soll das?
> **woodland** Waldgelände
> **protected** geschützt
> **habitat** Habitat
> **to cut down trees** Bäume fällen

Snowflake tauchte neben ihr auf. "**How's it going?**"
"We haven't seen anything at all yet." Sie schüttelte enttäuscht den Kopf. "**What is the point** of all this anyway?"
"Well it's important that somebody cares," vermutete er. "Last year, when we were doing the dormouse project, somebody told us that a lot of **woodland** is **protected** now because we know that it's a **habitat** for dormice. Otherwise somebody could just go and **cut** the **trees down** to build roads or something", erklärte

er ihr leise. "But it's getting late. I wonder why we've been here so long."
Dann lief er zum Auto und die Hupe ertönte – das Zeichen für alle zurückzukehren.
Perry kam als Letzter und packte seine Kamera sorgfältig wieder in die Kiste. "Well, I guess that's all, folks. We didn't find any newts, I'm afraid, but at least we've completed the project. Let's go home."
Gerald stutzte. "But there's still one more site on the list. Moreton Hill. Did you forget about that one, Perry? Aren't we going to go there?"
"Well, I hate to make everybody drive there. It's already late. I made the group stay longer because I was sure that I had spotted a newt. **Unfortunately** I was wrong."
Jasmin war enttäuscht. "That means we've only spotted newts at one site up to now. Shouldn't we be **thorough** and take a look at the last one? Maybe ..."
Sie unterbrach sich, denn die andern sahen sie entgeistert an. Nur Gerald nickte ihr bestätigend zu. "Germans have a **reputation** for being thorough! But I think Jasmin's right. We should at least take a quick look at the last site."

unfortunately leider
thorough gründlich
reputation Ruf

Perry gab dem Fahrer ein Zeichen und der Wagen setzte sich in Bewegung.

Zwanzig Minuten später hielt er wieder an.
Mit ihren Taschenlampen strömten alle ein letztes Mal aus. Jasmin zögerte. Bald würde es stockfinster sein. Der Mond war nurmehr eine schmale Sichel, die das Gelände nicht besonders gut beleuchtete. Plötzlich fiel

ihr auf, dass Perry die Kamera nicht mitgenommen hatte. Sie lag eingeschlossen in der metallenen Kiste. Sie rüttelte daran, aber vergebens, sie war verschlossen und nur Perry hatte den Schlüssel. Jasmin überlegte, ob sie hupen sollte, aber dann fiel ihr ein, dass sie ja ihre eigene Kamera dabei hatte. Und die machte bestimmt auch gute Nachtaufnahmen.

Jasmin humpelte vorsichtig ein kleines Stück vom Auto weg, bis sie einen Stein fand, auf dem sie sitzen konnte. Irgendwie war es schön, abends draußen in der Natur zu sitzen. Noch viel schöner wäre es freilich, wenn Justin jetzt bei ihr wäre. Sie lauschte den abendlichen Geräuschen, dem Wind in den Blättern der Bäume und Büsche, dem Rascheln im Gestrüpp. Sie leuchtete mit ihrer Taschenlampe dorthin. Bewegte sich da was? Vorsichtshalber zückte sie ihre Kamera. Vielleicht hatte sie ja Glück und würde am letzten Tag noch einmal diese kleinen Molche zu Gesicht bekommen.

Sie erschrak, denn plötzlich tauchte jemand neben ihr auf. Es war Perry. Sie hatten sich gut verstanden in diesen Tagen. Er war immer wie ein Gentleman zu ihr. Das gefiel ihr gut, sie fühlte sich sicher und wohl in seiner Gegenwart.

amazing *hier:* **überwältigend**

Er setzte sich neben sie.

"Hello, Snow White", murmelte er und schaute zum Himmel hinauf. "Just look at those stars up there. Aren't they **amazing**?"

Jasmin legte den Kopf in den Nacken und sah in einen Himmel voller Sterne. Perry legte vorsichtig den Arm um sie.

Jasmin erstarrte. Das wollte sie ganz und gar nicht, sie

war doch mit Justin zusammen! Sie versuchte, ein Stückchen von ihm abzurücken, dabei fiel ihre Taschenlampe zu Boden. Als sie sie aufheben wollte, folgte ihr Blick zufällig dem Lichtkegel ins Gebüsch. Er fiel auf zwei seltsame schwarze Zweige und sie hätte schwören können, dass sie sich in diesem Augenblick bewegt hatten. Da! Sie bewegten sich tatsächlich!
"Look, Perry!" Sie stieß ihn an. "Two newts!"
Sie zückte ihre Kamera und schoss ein paar Fotos.
Perry schaute abwechselnd auf die Kamera und ins Gebüsch. "What are you doing? You shouldn't have brought your camera", wies er sie zurecht. "Please put it away. I can't see any newts!"
Jasmin steckte kleinlaut die Kamera weg und schaltete die Taschenlampe aus. Vielleicht waren es doch nur eigenartig geformte Aststückchen gewesen.
"Look at the sky, Jasmin. Those stars are so beautiful!" Erneut legte Perry den Arm über ihre Schulter. Merkte er denn nicht, dass sie das nicht wollte? Dann fühlte sie seinen Atem an ihrem Hals, und bevor sie ihn abwehren konnte, küsste er sie.
Jasmin stieß ihn weg. "Don't, Perry. Don't. Justin and I ..."

to forgive
vergeben

"Sorry, Jasmin. Please **forgive** me." Perry sprang auf. "I don't know what came over me ... Let's get back to the bus and go home. Forget I ever did that." Mit diesen Worten stapfte er in Richtung Bus.
Jasmin nickte und schaltete die Lampe wieder ein, um nachzusehen, ob nichts aus ihrer Tasche herausgefallen war. Bevor sie ging, richtete sie den Leuchtkegel noch einmal auf das Gebüsch. Da! Nun sah sie sie

ganz deutlich: zwei große, kräftige Wassermolche mit breitem Kopf und fast zwanzig Zentimeter lang, grauschwarz. Die Bäuche glitzerten fast orange. Auf Rücken und Schwanz trugen sie einen hohen, stark gezackten Hautkamm. Jasmins Herz hüpfte vor Freude. So langsam und ruhig, wie sie nur konnte, zog sie ihre Kamera wieder aus der Tasche und fotografierte die Molche, die zunächst unbeweglich sitzen blieben, dann bei dem Blitzlicht aber mit schnellen Bewegungen im dichten Gestrüpp verschwanden.
"Hurrah", rief Jasmin. "I really saw them."
"Newts?" Jasmin fuhr herum.
Hinter ihr stand Gerald. Wie lange war er schon da? Was hatte er gesehen? "Did you see any newts?", fragte er und begleitete sie zum Bus, wo die anderen schon warteten.
"Yes", freute sich Jasmin, "I saw two beautiful ones."
Als sie den anderen die Fotos zeigen wollte, blinkte das Licht für die Batterie auf und der Fotoapparat ging aus.
Perry zweifelte noch immer daran, dass sie wirklich Molche gesehen hatte. "Are you sure? I didn't see anything!"
Aber Jasmin war sich ganz sicher. "Yes, they were definitely great crested newts. They had huge **crests** on their heads. I hope we have a couple of photographs for our presentation."

crest Kamm
to doubt bezweifeln

Perry schüttelte zweifelnd den Kopf. "Even if they were great crested newts, which I **doubt** because they are so rare, your photos won't come out. It's much too dark for a normal camera."
Jasmin widersprach ihm. "This is a really good came-

ra. I'd show you the photos but my batteries just **ran out**."
"Okay. We'll have to wait and see."
"Well then, let's get going", sagte sie deshalb nur.
Auf der Rückfahrt schwiegen alle, die meisten waren sehr müde.
Verstohlen sah Jasmin zu Perry. Sie mochte ihn, aber er war einfach zu weit gegangen. War er jetzt beleidigt? Oder schämte er sich für das, was er getan hatte?

to run out *hier:* den Geist aufgeben

No strings attached. Da ist kein Haken dabei.

preliminary vorläufig

Als der Fahrer vor dem Haus der Mahoneys hielt, half Perry ihr aus dem Wagen. Er hatte sich auch ihrer Schmetterlingstasche angenommen.
"Would you like to come over to my place for brunch tomorrow?", fragte er schüchtern. "I promise, no more kisses. It's just ... my mother would love to meet you. I've told her so much about you." Täuschte sie sich oder wurde er rot? "We could go through the results of the project together and do some brainstorming for the presentation, what do you think?"
Jasmin sah ihn scharf an.
"**No strings attached**", versicherte er. "Honestly. Mr Mason needs the **preliminary** results as soon as possible. It will be strictly a working brunch!"
"Okay, Perry", stimmte Jasmin endlich zu.
Er begleitete sie bis zur Haustür und reichte ihr dort die Tasche, bevor er sich von ihr verabschiedete.
"Thanks, Jasmin, and please ... forget what happened."
"Did anything happen?", murmelte sie und humpelte ins Haus.

WANTED: CAMERA

Früh am nächsten Morgen hockte Jasmin im Pyjama in der Küche und trank mit Mrs Mahoney Tee, als es plötzlich Sturm klingelte und Daphne mit einer Tasche voller Schmutzwäsche ins Haus stürmte. Sie umarmte ihre Mutter und dann auch Jasmin. Es war, als hätten sie sich nie gestritten.

"It was a great week", schwärmte sie. "At first it was really boring. We didn't spot any butterflies. But then suddenly they all started to fly around – it was beautiful."

Daphnes Wangen glühten. Mrs Mahoney reichte ihrer Tochter eine Tasse Tee und warf einen Blick in die prall gefüllte Tasche. "I'll just leave you two girls to **gossip** for a moment. I'm going to put the dirty **laundry** into the washing-machine."

Kaum war sie im Keller verschwunden, rückte Daphne näher an Jasmin heran.

"I'm sorry that I was so nasty to you about Perry. It's just that I used to have a bit of a crush on him and he didn't want to have anything to do with me. That hurt my feelings, so maybe I've been a little **unfair** to him. He's probably not as bad as I made out. Maybe he's quite nice."

Jasmin war maßlos erleichtert. "I'm glad you told me that. And I'm sorry too if I bit your head off."

"No problem ... but guess what! I'm in love!"

wanted *hier:* gesucht
to gossip tratschen
laundry Wäsche
unfair ungerecht

Jasmin riss die Augen auf. "You're in love? But how? Who?"
"Don't tell Mum anything", wisperte Daphne. "Well, you know that the large blue butterfly was practically extinct in Britain for about twenty years? **It turns out** that all the ones we have here now come from Sweden where they were never extinct", berichtete sie aufgeregt. "So there was a group of kids over from Sweden for this butterfly project, too – and there was one boy there called Kjell – spelled K-J-E-L-L, but **pronounced shell** as in sea-shell! We got on really well – he's gorgeous!" Sie schaute Jasmin mit einem verklärten Blick an. Dann wechselte sie schlagartig das Thema. "But how's the choreography thing with Jette going?"
"Jette's doing okay. If she tries really hard, she might manage it", erklärte Jasmin. "There's going to be one last rehearsal today at Perry's. The agent is coming tonight to hear the band and decide **whether** she wants to **promote** the *King of Hearts*. Do you want to come?"
"I'd love to. When is it?"
Jasmin schaute auf die Prinzessin-Diana-Uhr. "The rehearsal isn't until one o'clock. But I'm going there a bit earlier for a working brunch. Perry and I have to discuss the results of the newt project."
Jasmin erinnerte sich an die Fotos, die sie in der letzten Nacht gemacht hatte. Hoffentlich waren sie etwas geworden. Gestern war sie viel zu müde gewesen um die Batterie aufzuladen, aber bei Perry war das sicher-

it turns out es stellt sich heraus
to pronounce aussprechen
shell Muschel
whether ob
to promote unterstützen

lich möglich. “I have to get my camera and see whether some photos I took yesterday have come out. I’ll have to **recharge** it at Perry’s, though, as the batteries ran out yesterday.”

to (re)charge (wieder) aufladen
to give sb a lift jdn mitnehmen

“Your camera?” Daphne sprang so plötzlich auf, dass ihre Teetasse drohte umzukippen, aber Jasmin fing sie gerade noch rechtzeitig auf. “Where is it? In your room? I can get it for you, if you like.”
Jasmin lächelte sie dankbar an. “Oh, thanks. It’s in my butterfly bag somewhere, and I have all my project notes in there too. Your mum **is giving me a lift** to Perry’s before she goes to work.”
“No problem”, sagte Daphne und verschwand.
Langsam stand Jasmin auf. Sie war immer schneller und beweglicher geworden mit ihren Krücken, aber ihre Arme hatten bereits blaue Flecke. Noch fünf Wochen musste sie sich mit dem Gips arrangieren, immerhin war er jetzt voller Unterschriften und Zeichnungen.
Sie humpelte vors Haus und setzte sich auf den Beifahrersitz des bereits offen stehenden Wagens, da kam Daphne mit der Tasche aus dem Haus gesprintet. “Here’s your bag. But the camera isn’t in it. Are you sure you had it in here? Shall I have another look in your room?”
Jasmin schüttelte erstaunt den Kopf. “I’m sure I put it back in the bag.” Sie wühlte in der Tasche, während Mrs Mahoney den Motor anließ und von der Garagenauffahrt herunterrollte. Daphne hatte recht. Die Kamera war nicht da! Wo hatte sie sie nur hingelegt?

"This is Jasmin from Germany", stellte Perry Jasmin seiner Mutter vor, als sie in die marmorne Eingangshalle trat.
"**Pleased to meet you!**"
Perrys Mutter war eine kleine, zarte Frau mit sanften und, wie ihr schien, ein wenig traurigen Rehaugen. Sie streckte Jasmin ihre Hand entgegen.

Pleased to meet you! Freut mich, dich kennenzulernen!
cereal Getreideflocken
continental breakfast "kleines Frühstück"

"Welcome to our home! Have you had anything for breakfast, Jasmin?" Als Jasmin verneinte, führte sie sie in ein riesiges Wohnzimmer. "So you must be hungry. Come in and have some brunch."
Auch im Wohnzimmer bestand der Boden aus Marmorfliesen und die Front war ein einziges riesiges Fenster. Nein, es waren gläserne Schiebetüren und die eine Hälfte stand weit offen. Auf der Terrasse war der Frühstückstisch für drei Personen gedeckt und auf einem Beistelltisch stand ein Buffet mit mehreren Kannen und abgedeckten Behältnissen.
"I hope you like some of it", sagte Mrs Brewster und lächelte sanft. "We've got **cereal**, fresh milk and orange juice, bacon, eggs, tomatoes."
"Wow", rutschte es Jasmin heraus. "I feel as if I'm in a five-star hotel!"
Wieder lächelte Mrs Brewster. "I hope you like English breakfasts. There are some freshly baked rolls and ham and cheese too, or even black bread if you prefer to have a **continental** one."
Jasmin schüttelte den Kopf. "It's okay. A typical English breakfast is fine for me." Ihr Teller war schnell randvoll.

Perry hielt sich zurück und Mrs Brewster schien überhaupt keinen Appetit zu haben, sie nippte nur an ihrem Kaffee.
Plötzlich ging die Haustür. Mrs Brewster sprang erschrocken auf und lief in die Halle. "Oh Robert, it's you!", hörte Jasmin sie rufen.
"Of course it's me! Were you expecting anybody else?", brüllte eine tiefe Männerstimme. Jasmin erinnerte sich, dass sie diese Stimme wenige Tage zuvor schon einmal am Telefon im Hintergrund gehört hatte. War das etwa Perrys Vater?

to be about to do sth dabei sein, etw zu tun
to launch starten

Für eine unerträgliche Sekunde war es still im Haus. Dann kam das Ehepaar Brewster auf die Terrasse. "Let me introduce you, Jasmin. This is my husband Robert."
Sir Robert Brewster war ein sehr gut aussehender, edel gekleideter Mann. Er legte einen Arm um die Schulter seiner Frau, die zusammenzuckte wie unter einem Schlag.
"Well, hello and welcome to my house, I didn't know we had a guest." Er verzog seine schmalen Lippen zu etwas, das wohl ein Lächeln sein sollte, aber seine Augen blieben kalt.
"I am sorry but I can't join you for breakfast. I have to leave again right now. We'**re about to launch** a Shopping Centre project and there's a lot to do. Goodbye."
Er reichte Jasmin die Hand, die ebenso kalt war wie seine Augen. Und dann verschwand er wieder.
"I'm sorry if my husband seems rude", flüsterte Perrys

Mutter, als ob ihr Mann noch in der Nähe wäre. “He's working on a big project to build a supermarket and he's under a lot of pressure.”
Jasmin wagte kaum, Perrys Mutter anzusehen, und es herrschte minutenlanges, unangenehmes Schweigen. Jasmin kam es so vor, als könnte man jeden einzelnen ihrer Muskeln beim Kauen hören. Sie trank ihren Tee und erzählte dann irgendwann, dass sie anscheinend ihre Kamera verlegt oder verloren hatte. Verzweifelt schlug sie die Hände vors Gesicht. “My parents will kill me if I've lost it, and it would be **a shame** for the project if we lost those photos of the two newts from Moreton Hill.”

a shame schade

Perrys Mutter warf ihrem Sohn einen fragenden Blick zu.
“Maybe you dropped it somewhere at the site. It was very dark.”
Entschieden schüttelte Jasmin den Kopf. “No, I thought of that. But I know I had the camera on the bus.”
Perry biss in ein trockenes Brötchen. “Well then, you probably left it there. I can phone our chauffeur and ask him if you want.”
“Oh yes, please. That would be wonderful.”
Perry ging in die Eingangshalle, um zu telefonieren, und kam nach wenigen Minuten zurück. “I'm afraid it isn't in the bus. At least, he can't find it there. I can go and look later myself.” Enttäuscht lehnte sich Jasmin zurück. Kein Fotoapparat, keine Fotos. “We'd better start thinking about the presentation.” Perry hob die Schultern.

Jasmin kam eine Idee: “Maybe one of the boys can dress up as a **giant** crested newt and walk up and down the streets of Bath **handing out leaflets**!”
Perry und seine Mutter lachten. Für Jasmin war es ein gutes Gefühl nach Mr Brewsters Auftritt, die beiden zum Lachen gebracht zu haben.
“Or I can **create** a special kind of biscuit **shaped** like a newt.”
“That sounds fantastic! We can decorate them with **icing sugar**!” Perry schien Feuer gefangen zu haben. “We can sell them on the market and make a **fortune**. We can then **donate** the money to the great crested newt **protection fund**.”
Mrs Brewster betätigte eine Klingel, die neben der Terrassentür hing. Ein Bediensteter kam und räumte das Frühstück ab.
Dann verging die Zeit wie im Flug. Perry und Jasmin saßen auf der Terrasse, tranken frisch gepressten Saft und gingen alle Unterlagen über den great crested newt durch. Dann erarbeiteten sie ein Flugblatt, in dem sie dazu aufriefen, das Gelände, auf dem sie zuerst einen Kammmolch gesehen hatten, unter Naturschutz zu stellen.

giant riesig
to hand out verteilen
leaflet Flugblatt
to create *hier:* erfinden
shaped geformt
icing sugar Puderzucker
fortune Vermögen
to donate spenden
protection Schutz
fund *hier:* Stiftung
to prove beweisen

“I want to write something about the great crested newts I spotted at Moreton Hill.” Jasmin sah Perry herausfordernd an. Wieso wollte er ihr nicht glauben?
Er schüttelte den Kopf. “Well, we can forget about that unless you can find your camera again and we can **prove** that some great crested newts live there. Are you sure you weren’t dreaming?”

Draußen tönte eine Hupe. Perry sah enttäuscht vom Papier auf. “That must be Justin. I think we’ve done enough on the newt project for now. Let’s go and watch the rehearsals.”
Während Jasmin sich von Perrys Mutter verabschiedete, holte Perry seine Videokamera.

Jasmin klappte das Visier von Justins Helm auf und schmatzte Justin zur Begrüßung einen dicken Kuss auf die Lippen. Dann schob sie ihr Gipsbein über den Sitz des Rollers. Auch wenn sie Spaß gehabt hatte mit Perry, so war die Atmosphäre in diesem Haus doch bedrückend und Jasmin froh, wieder draußen zu sein. Sie fuhren das kurze Stück zum Gästehaus und hinter ihnen schlenderte Perry mit hängendem Kopf und der Videokamera in der Hand.
“Ich werde nicht schlau aus ihm”, murmelte Jasmin, als sie von der Maschine stieg.
“What?”, fragte Justin.
“Oh, nothing. It’s just good to see you”, sagte sie und lächelte.

Die anderen warteten schon ungeduldig. Sie trafen sich an diesem Tag zur letzten Probe vor dem Besuch der Agentin. Gerald stimmte seine Gitarre, Anorak-Andy stellte verschiedene Rhythmen ein und Jette übte am Keyboard. Sie sah wunderschön aus, wie immer, aber Jasmins Ansicht nach passte sie trotzdem nicht hierher. Fast wie eine Puppe wirkte sie. Snowflake saß erwartungsvoll in einer Ecke und nuckelte an einer Cola und Perry begann gleich, alles und jeden zu filmen.

Dann spielten sie einen Song nach dem anderen und korrigierten noch dies und das. Schließlich tanzte Jette und Jasmin erfüllte es mit Stolz, ihre eigene Choreografie zu sehen. Jette befolgte genau die Schritte, die Jasmin mit ihr einstudiert hatte, es sah fast perfekt aus, wenn auch leider ziemlich emotionslos.

"Well done, Jette", lobte Jasmin ganz ehrlich ihre Schülerin auf englisch, damit die andern folgen konnten. "But you're still making one mistake. I'll try to show you what I mean." Jasmin bat die Band, den Refrain zu wiederholen. "You see", erklärte sie und probierte vorsichtig die Bewegungen, hüpfend, und mit den Krücken. "You have to **twist** your body around like this ... and not like that ..."

to twist drehen
centre of gravity Schwerpunkt
straight away sofort

Das ging eigentlich ganz gut. Sie wurde mutiger, vollführte einen kleinen Sprung und noch einen, ihre Freude am Tanzen erfüllte sie mit einem Mal ganz und gar und sie vergaß ihr gebrochenes Bein und jede Vorsichtsmaßnahme. "Go ahead, boys", rief sie und tanzte ihre eigene Choreografie, so gut es ging, bis sie plötzlich fast das Gleichgewicht verlor. Sie fuchtelte wild mit den Krücken in der Luft herum, um nicht zu stürzen, bis sie schließlich am Ende des Refrains glücklich auf ihrem heilen Bein dastand, als wäre alles genau so geplant gewesen.

Alle applaudierten und Snowflake rief: "Wow, Jasmin. Go for it. That looked really cool! How did you manage to keep your **centre of gravity**? I would have fallen over **straight away**."

Stolz sah Jasmin sich um. Wo war eigentlich Daphne? Sie hatte doch kommen wollen.
Perry lenkte sie ab. "I've recorded that. Would you like to see?"
Alle setzten sich um Perry herum und schauten sich auf dem Display der Kamera die Aufzeichnung an.
"You look really cool", sagte Justin begeistert. "Yes, you look great, especially at the end!" Er küsste sie. Endlich wieder! In den letzten Tagen hatte er immer nur die Proben im Kopf und kaum Zeit für sie gehabt.
Gerald grinste. "You looked like a helicopter about to **crash-land**!"
"Thank you very much!", sagte Jasmin mit einem vernichtenden Blick. "Just make sure you **delete** that, Perry, before you show the agent!" Ihr gefiel diese Aufzeichnung gar nicht. Sie zeigte ihr auf schmerzhafte Weise, was sie zurzeit alles *nicht* konnte.

to crash-land eine Bruchlandung machen
to delete löschen

"Are we finished for now? Can I go home? I need a break.
Alle drehten sich überrascht zu Jette um, die völlig erschöpft in einem Korbstuhl hing und gähnte.
"Don't forget, we're all meeting up with Mrs Fletcher at the Sally Lunn Bun Shop in an hour or so", sagte Anorak-Andy.
Jasmin sah Justin erstaunt an. "Oh, I didn't know that!"
"Didn't Daphne tell you?", wunderte er sich. "The whole German class is supposed to meet there at half past three. They'll all be here tonight when the agent comes along."

Justin schob seinen Roller und gemeinsam schlenderten sie alle den Weg entlang bis zu Perrys Haus. Sie diskutierten darüber, ob sie für die Agentin etwas Besonderes anziehen sollten. Gerald würde in jedem Fall in Lederhose, Wanderstiefeln und mit seinem Tirolerhut auftreten. Die anderen wollten so aussehen wie immer. Jette schwieg. War sie wirklich so müde, wie sie vorgab, oder spielte sie ihnen nur etwas vor? Vor Perrys Haus verabschiedete Jasmin sich von ihm und hockte sich auf Justins Motorroller.
"Can I use your toilet before I go?", fragte Jette.
Perry nickte und winkte Jasmin zu. "Thanks for everything", sagte er, bevor Justin den Motor kurz aufheulen ließ und in den Weg zum großen Tor einbog. Die anderen, die mit dem Bus unterwegs waren, wollten auf Jette warten.
"Mrs Fletcher, Jette and I will pick you up later", rief Gerald ihr noch nach, bevor sie außer Sichtweite waren.

Nachdem Justin sie bei Daphne abgeliefert hatte, setzte Jasmin sich erst mal unten auf die Treppe. Mrs Mahoney schien nicht da zu sein und Jasmin hörte Daphnes Stimme aus ihrem Zimmer.
"Yes, me too, I miss you so much, Kjell – But when will we be able to see each other again? – In the holidays? That would be fantastic ..."
Jasmin lächelte. Das war wohl der Grund, weshalb Daphne nicht zur Probe gekommen war, sie hatte ungestört mit Kjell reden wollen. Jasmin humpelte in die Küche und lehnte die Tür hinter sich an, damit

Daphne nicht auf die Idee käme, sie würde lauschen. Dann fischte sie ihr Handy aus der Tasche und tippte eine SMS an Tina und Nick.

Hi, you two! The last rehearsal was great! The agent is coming tonight. Now we're off to Sally Lunn's Bun Shop Ff, BpG Jasmin.

Jetzt erst entdeckte sie, dass auch für sie selbst eine Nachricht angekommen war.

Hi, it's me, Perry. Sorry, I looked all over the minibus myself, but I still couldn't find your camera.

Jasmin zerbrach sich den Kopf. Wo hatte sie die Kamera das letzte Mal in der Hand gehabt? Sie ging in Gedanken noch einmal alle Möglichkeiten durch. Sie war ganz sicher, dass sie die Kamera in ihre Tasche geschoben hatte, nachdem sich herausgestellt hatte, dass die Batterie leer war. Und die Tasche war in ihrem Zimmer gewesen. Bis heute Morgen.
Konnte etwa Daphne ...? Nein, das war ganz und gar unmöglich. Daphne würde sie ganz bestimmt nicht bestehlen. Aber wo war die Kamera dann? Es war wie verhext. Wie sie die Sache auch drehte, sie kam zu keinem plausiblen Ergebnis.

SUSPICIONS

Sie hatte noch etwas Zeit, bis Mrs Fletcher, Gerald und Jette sie abholen würden. Um sich ein wenig abzulenken, zog sie ihr Buch heraus und begann zu lesen. Die Herzkönigin verdächtigte den Herzbuben, ihre *jam tarts* gestohlen zu haben, aber Alice war überzeugt, dass er es nicht gewesen war. Sie verdächtigte also die falsche Person.

suspicion
Verdächtigung

Jasmin hielt überrascht inne. Die Herzkönigin hatte möglicherweise das gleiche Problem wie sie, denn sie konnte sich beim besten Willen nicht vorstellen, dass Daphne ...

Oben klappte eine Tür und im nächsten Moment sauste Daphne die Treppe hinunter. Jasmin erwartete, dass sie in die Küche stürmen würde, aber da hörte sie schon die Haustür und sah durch das Fenster, wie Daphne die Straße hinuntersprintete.

Vermutlich lief sie zu ihrem Treffen im Café, sie wusste ja nicht, dass Jasmin in der Küche saß.

Ohne lange zu überlegen, humpelte Jasmin die Treppe hinauf. Daphnes Zimmertür war nur angelehnt. Jasmin stieß sie auf und sah sich im Zimmer um. Ihr Herz klopfte, sie kam sich vor wie ein Einbrecher. Aber wenn Daphne die Kamera an sich genommen hatte, dann musste sie hier irgendwo zu finden sein.

Doch Jasmin fand nichts, nicht im Schrank, nicht in der Kommode und auch nicht in den Schreibtischschubladen. Sie schaute im Bett nach und fand einen

Liebesbrief von Kjell unter dem Kopfkissen. Plötzlich war ihr diese ganze Aktion furchtbar peinlich und sie wandte sich zur Treppe.

Da klingelte es auch schon an der Tür.

"Coming!", rief sie, hoppelte die Treppe hinunter und öffnete. Draußen standen Mrs Fletcher und Gerald. Jette ging es nicht gut und sie hatte es vorgezogen, einen Spaziergang zu machen, erklärte Gerald, während Jasmin sich mit ihrer Schmetterlingstasche in den Käfer neben ein großes Paket zwängte.

"It's an electric food mixer. Justin's mum needs to **borrow** it and **since** we're picking up Cathy on our way to Sally Lunn's, I promised my mum we'd drop it off", gab er Auskunft.

Mrs Fletcher hörte voller Begeisterung eine CD mit alten deutschen Schlagern, gerade sang jemand 'Ich will 'nen Cowboy als Mann ...'. Laut mitsingend fuhr sie los.

Ein paar Straßen weiter hielten sie vor dem Haus von Justin und Cathy. Es glich dem von Daphne, nur war die Tür grün. Justins Motorroller parkte vor dem Haus und Jasmin kletterte hinter Gerald aus dem Auto, um zu sehen, ob er noch da war. Gerald war schon mit dem Karton im Arm verschwunden, als sie plötzlich eine Stimme vernahm, die sie kannte.

> **to borrow** ausleihen
> **since** da

"Oh, Justin, what shall I do?"

Jasmin ging mit ihren Krücken leise in die Richtung, aus der die Stimme gekommen war, bog um die Ecke des Hauses und erblickte Justin und Jette – eng umschlungen!

what the hell
was zum Teufel

Jasmin klappte der Mund auf und stocksteif vor Entsetzen blieb sie stehen. Noch hatten die beiden sie nicht bemerkt. Justin strich Jette gerade übers Haar. Und dann sah Jasmin etwas, was alles noch viel schlimmer machte: ihre Kamera, die neben Justin im Gras lag.

Da brach es ungebremst aus ihr heraus: "Justin, **what the hell** do you think you're doing?"

CONFRONTATIONS

Die beiden fuhren herum und Gerald kam erschrocken aus dem Haus gerannt.
"What happened?", rief er. Als er die Szene überblickte, verstand er sofort. "Oh, I see."
Jasmin stand wie unter Schock. "What are you doing, Justin?", fragte sie noch einmal.
Gerald plapperte ihr nach wie ein Papagei: "What are you doing, Jette?"
"It's not what you think", erwiderte Justin entschuldigend und nahm endlich seinen Arm von Jettes Schulter.
"He's right", erklärte Jette und schnäuzte sich dramatisch. "It really isn't what you think. I just told Justin that I think I might not be a ... a good enough dancer. Justin **was** just **comforting** me."

confrontation *hier:* Stunk
to comfort trösten
lover Verliebte(r)
Eh? Was?

Jasmin schaute Jette an. Sie hatte geweint, das war nicht zu übersehen. Aber was hieß das schon? Jette war eine falsche Schlange!
"I don't believe you, Jette. You're lying again. You just want Justin!"
"You think I'm lying?", regte sich Jette auf. "What about you and Peregrine? Secret **lovers**, **eh?** You're the one who's lying!"
Jasmin erschrak und wurde feuerrot. Unsicher schaute sie zu Gerald. Hatte er gesehen, dass Perry sie geküsst hatte, und Jette davon berichtet?

Aber Gerald reagierte nicht. Und Justins prüfende Blicke machten Jasmin nervös.
"So it's true", sagte Justin, *ihr* Justin. "Jette told me but I didn't believe her."
"But ... but ... ", stammelte sie. "But he only kissed me once, Justin, I **swear**!" In ihr kroch langsam die Wut hoch. Wieso musste sie sich hier vor allen rechtfertigen? Sie hatte doch überhaupt nichts gemacht! Vertraute Justin ihr etwa nicht? Dann fiel ihr Blick auf die Kamera. "By the way", sagte sie, plötzlich ganz kalt. "Where did you get that camera from? It's mine."
"So you think I stole your camera now, do you?" Justins Stimme war sehr leise. Er kam auf sie zu und schob ihr die Kamera in die Tasche. "Here you are – yes, it's yours! Don't forget to say thank you to Jette. She was the one who found it."
Mit diesen Worten lief Justin mit großen Schritten zu seinem Roller, ließ den Motor aufbrausen und raste davon.
Jette zog ihren Handspiegel aus der Tasche und kontrollierte ihr Make-up.
"Shall I tell you where I found the camera? When you left the rehearsal with Justin, I had to use the bathroom. But Peregrine's house is so large that I got lost and opened his bedroom door by mistake. That's when I saw your camera – on his bed! It is yours, isn't it?"
Jasmin nickte, sie war sprachlos. Ihre Kamera – in Perry's Schlafzimmer! Aber sie hatte nie einen Fuß in sein Zimmer gesetzt. Niemals! Wie also war die Kamera dort hingekommen?

to swear (swore, sworn) schwören

"I've never set foot in Perry's bedroom."
Jette lachte. "Sure? So how did your camera end up there?"
"I'd like to know that too", murmelte Jasmin. Sie warf einen Blick auf Gerald, der immer noch stumm dastand. "Will Perry be at Sally Lunn's Bun Shop? Can we drive there now? I've got to **clear** this **up**."
Gerald nickte und ging, um Cathy zu holen.
Ohne Jette noch eines Blickes zu würdigen, gingen sie zu Mrs Fletchers Käfer. Die hatte von dem ganzen Geschehen nichts mitbekommen und sang lautstark mit ihrer CD: "Beiß nicht gleich in jeden Ahapfel, er könnte sauer sein ..."
"Hey! Where are you going?" Jette tauchte neben dem Auto auf und redete auf Cathy ein. "You can't leave me here all alone!"
Die wimmelte sie gekonnt ab. "Oh, hi, Jette. You're here? I didn't know. Don't worry. I can show you where the bus stop is. See? It's over there, just round the corner."
Dann stieg sie in Mrs Fletchers Wagen, schlug die Tür zu und ließ die schöne Jette stehen.
Mrs Fletcher drehte die Musik leiser und winkte Jette kurz zu. "It's nice that you offered to take the bus. See you at Sally Lunn's, then", rief sie freundlich und trällerte dann weiter. "... denn auf rote Apfelbähäckchen fällt man leicht herein."
Cathy beugte sich über den Sitz nach hinten zu Jasmin und flüsterte: "Except she's going in the wrong **direction**, so I guess we won't see her for a while." Dann kicherte sie in sich hinein.

to clear up *hier:* aufklären
direction Richtung

Sally Lunn's Bun Shop befand sich im Zentrum von Bath. Mrs Fletcher hielt direkt davor, setzte sie ab und fuhr dann weiter, um einen Parkplatz zu suchen. Das schöne alte Kaffeehaus erstreckte sich über drei Etagen. Schnell entdeckten sie Snowflake und Daphne, die in ein Gespräch vertieft waren, daneben Anorak-Andy, der die Nase in eine Zeitung steckte. Perry war nirgends zu sehen.

"Have you seen Perry anywhere?", erkundigte sich Jasmin.

Die drei schüttelten die Köpfe. "**Nope**. **Nor** Justin **either**", fügte Daphne hinzu.

Gerald guckte böse. "**Somehow** I don't think Justin is in the mood for eating buns at the moment."

Genau in diesem Moment betrat Justin das Café. Er wirkte aufgewühlt.

"Justin!", rief Jasmin erleichtert und lief ihm entgegen. Sie war froh, dass er da war. Sicherlich würde sich jetzt alles aufklären. Sie wollte, dass alles wieder gut wurde, und war bereit, alles dafür zu tun, was in ihrer Macht stand. "Please believe me! I have no idea why the camera was in Perry's bedroom, I've never been in there. I thought I'd lost it at first. Then I thought someone must have stolen it. The chauffeur, maybe ..."

Nope. Nee.
nor ... either ... auch nicht
somehow irgendwie
to fancy sb auf jdn scharf sein

Justin nahm ihr Gesicht in beide Hände und schaute ihr tief in die Augen. "And I really don't **fancy** Jette, Jasmin. How could you think that?"

Jasmin schämte sich für ihre falschen Verdächtigungen. "I'm so sorry. I had a shock at first when I saw you with Jette. And then I saw my camera lying in the grass. That was just too much. But I really do trust you, Justin."

He lied all right.
Er hat sehr wohl gelogen.

Sie setzten sich zu den anderen, die nicht wagten, etwas zu fragen oder zu sagen. Sie schauten nur von einem zum anderen.
Justin legte seinen Arm um Jasmin. "The big question is why Perry had your camera. And what about that kiss?"
Daphne staunte. "You kissed Perry?"
Jasmin wurde knallrot und erzählte, was an dem Abend passiert war.
"You mean you didn't kiss him but he kissed you?" Daphne wunderte sich noch mehr.
Anorak-Andy mischte sich ein. "Hold on, this means one moment you were both looking at newts in the muddy ground, and the next minute Perry kissed you!"
"More or less", nickte Jasmin. "Except Perry said he didn't see any newts."
"So Perry lied about the newts", behauptete Anorak-Andy, und legte die Zeitung zur Seite.
"Well, I don't think he lied. He just didn't see them, I think. Why would he lie about it?"
"Oh, **he lied all right**!" Anorak-Andy schien sich ganz sicher zu sein. "Shall we look at your camera and see whether the photos of the newts came out okay?"
"Good idea!", riefen alle durcheinander und Jasmin zog die Kamera heraus. Anorak-Andy trug wie immer Batterien in allen möglichen und unmöglichen Größen mit sich herum. Er nahm ihr die Kamera aus der Hand und nach nur wenigen Augenblicken schauten alle auf das

zuletzt geschossene Foto. Es war eine sehr gelungene Aufnahme von zwei *great crested newts*.

"Well, at least he didn't delete them", seufzte er und lehnte sich zurück. "Yes, now I'm sure. Perry stole the camera!"

Daphne protestierte. "But that's stupid. Perry's rich. Why would he need to steal a camera?"

"He stole it because he wanted the photos. Or at least he didn't want anyone else to have them."

Jasmin konnte es nicht glauben. "Sorry, Andy, you'll have to **spell** that **out** for me. I don't understand."

to spell sth out
etw ganz genau erklären

Langsam nahm Andy die Zeitung, die er eben noch gelesen hatte, und legte sie aufgeschlagen auf den Tisch. Er zeigte auf einen Artikel darin und sagte: "When you've finished reading this article, I think you'll understand!"

WAS IST LOS mit Perry?

Justin hatte Jasmin nach kurzer Zeit wieder nach Hause gefahren. Er und die andern wollten das Equipment der Band aus dem Gästehaus von Perrys Eltern abtransportieren und in der Schulaula aufbauen.
Jasmin hatte es übernommen, Perry anzurufen und ihm mitzuteilen, dass Jette die Kamera bei ihm gefunden hatte. Schon nach wenigen Sätzen hatte er aufgelegt, ohne sich zu entschuldigen.
Jasmin lag auf ihrem Bett in dem Blümchenzimmer. Sie hatte die Arme hinter dem Kopf verschränkt und dachte über Perry nach.
Es klopfte. Wer konnte das sein?
"Come in!"
Die Tür ging auf und Perry stand da, einen riesigen Blumenstrauß im Arm.
"I don't think flowers are going to help much", zischte sie.
Perry betrat das Zimmer, legte die Blumen auf dem Stuhl ab und ging ans Fenster, sodass sie sein Gesicht nicht genau sehen konnte.
"I want to try to explain everything to you, Jasmin. I want you to understand why I took your camera." Er klang sehr unglücklich.
Jasmin beschloss, es sich wenigstens anzuhören.
"Okay, go ahead, but I think I know why, Perry." Sie zog die Zeitung hervor und reichte sie ihm. "This is the

reason, isn't it? The Moreton Shopping Centre. Your dad's project."

Perry nickte. "My dad's got **a lot of money riding on** that **deal**. When he heard that the conservation project was going to try to look for great crested newts on Moreton Hill, he was furious."

"Andy explained everything to me", meinte Jasmin zögernd. "If any endangered species, like the great crested newt, are found on a piece of ground, you can't build anything there because it becomes a protected habitat. Your father made you sign up for the project so that you could make sure no newts were found. Is that it?"

Perry drehte sich um und schaute mit unendlich traurigen Augen in die ihren. "Yes, Jasmin. That's exactly what happened. I hated myself for **giving in** but I just couldn't **stand up to** him ... I manipulated the list of sites to make sure Moreton Hill was last. I hoped the group would be too tired to visit the site ... but then you **insisted**. I didn't know what to do but then I had an idea. I **deliberately** left the special camera on the bus, so that even if anybody saw any newts, we wouldn't be able to take photos. When you spotted those newts, I couldn't believe it. I tried to **distract** you." Hier wendete er sich wieder zum Fenster.

"Was that why you kissed me?"

"Yes, I mean no, not only. I mean I really like you, Jas-

to have a lot of money riding on sth eine Menge Geld in etwas hineingesteckt haben
deal Geschäft
to give in nachgeben
to stand up to sb gegen jdn ankommen
to insist auf etw bestehen
deliberately absichtlich
to distract ablenken

min", druckste er. "But, yes, I'm sorry. I did kiss you **mainly** to distract you", gab er zu.
Ein Kompliment war das Ganze ja nicht gerade.
"I was such a **coward**. When you got off the bus and I noticed you'd left your bag on the seat, I took your camera. It was my only chance. You have no idea what my father would have done to me and my mother if I'd let you **publish** those photos!"
Jetzt rollten Tränen über seine Wange.
Jasmin setzte sich auf und reichte ihm eine Packung Papiertaschentücher. "Does your father ... batter you?"

mainly hauptsächlich
coward Feigling
to publish veröffentlichen
to get away with ungestraft davonkommen

Perry sah sie erschrocken an. "How did you know? ... Yes, you're right. He does ... hit me sometimes. And not just me. My mother too."
Jasmin griff nach ihren Krücken und stand auf. Sie mochte Perry trotz allem gern und regte sich jetzt wahnsinnig auf. "But you can't let him **get away with** that. We've got to do something."
Perry nickte lächelnd. "You're right. But ... do you forgive me?"
"Of course!", rief Jasmin. "Did you expect me to bite your head off or something?"
"Well, Jasmin", er setzte sich auf ihr Bett und zog sie zu sich. "I came here today hoping you would forgive me, but also to say goodbye."
"Goodbye? Are you going on holiday?", fragte Jasmin überrascht.
Er schüttelte den Kopf. "No. My mother and I have decided to leave my dad. We have some relatives in

Singapore. We're going to stay with them there for a while and see how things work out."
Jasmin wurde traurig. Sie erinnerte sich an seine unermüdliche Suche nach Molchen – an allen anderen Orten bis auf Moreton Hill. "You really tried your best to find some newts on all the other sites, didn't you?"
"Yes, I love animals. I **felt** so **guilty** about the whole thing. I was really happy when we found some newts at one of the other sites." Perry erhob sich und ging zur Tür. "I have to leave now. I called up Mr Mason this morning and told him that you have **proof** that there are newts living on the Moreton Hill site. He's going to phone the authorities, and they'll **put a stop to** any building plans my dad has. When he finds out about that, he's going to be really angry. That's why I have to hurry now. My mum is waiting for me outside."
"**Good luck**, Perry. Say hello to your mum from me!", flüsterte Jasmin mit Tränen in den Augen.
Aber er war schon die Treppen hinuntergelaufen und außer Hörweite. Jasmin wurde mit einem Mal klar, dass sie ihn niemals wiedersehen würde.

to feel guilty Schuldgefühle haben
proof Beweis
to put a stop to sth etw stoppen
Good luck. Viel Glück.

Die große CHANCE

Endlich war es so weit. Alle waren in der Schulaula versammelt, nur Gerald fehlte noch. Jette saß an ihrem Keyboard und würdigte die anderen keines Blickes. Vermutlich war sie beleidigt, weil Cathy sie mit dem Bus in die falsche Richtung geschickt hatte.
Dann tauchte endlich Gerald mit seinem inzwischen zurückgekehrten Bruder Eddy auf. Die zwei waren ein komisches Paar, Gerald in Wanderstiefeln, Lederhose und Tirolerhut und Eddy im Schottenrock.
Jasmins Blick fiel auf Jette. Die starrte die beiden an, als wären sie Marsmännchen. Jasmin schüttelte missbilligend den Kopf. Es war ja verständlich, dass die modebewusste Jette die beiden zum Weglaufen fand, aber musste sie das hier so deutlich zeigen?

bit *hier:* Stelle

Als dann ungefähr eine halbe Stunde zu spät die Agentin in die Aula gerauscht kam, wedelte sie mit einer DVD wild in der Luft herum.
"I love it. I really love it. Especially the **bit** where the girl on crutches comes onto the stage. I definitely want her to be in the video!"
Alle waren überrascht. Woher hatte sie diesen Film? Darauf gab es nur eine Antwort: Perry musste ihr die Aufzeichnung vorab geschickt haben.
Justin und Jasmin strahlten sich begeistert an. "Thanks to Perry", flüsterte Jasmin, während Justin die

etwas überkandidelte Frau begrüßte und sich mit seiner Band auf die Bühne begab.
Jette war auf einmal wie verwandelt. Hatte sie die Bemerkung der Agentin verletzt?
"Go, Jette, go!", feuerte Jasmin sie vorsichtshalber an, als die *King of Hearts* zu spielen begannen. Sie spielten all ihre Songs, und die Agentin hörte aufmerksam zu. Jette konzentrierte sich offenbar sehr auf ihre Tasten. Als sie dann tanzte, stimmte zwar der Ablauf, aber sie sah immerzu auf den Boden. Irgendwas stimmte nicht mit ihr.
Als sie fertig waren, standen alle da wie bestellt und nicht abgeholt. Die Agentin ließ sich Zeit zum Nachdenken.
Jette starrte fortwährend in den Zuschauerraum. Was war los mit Jette? Wo sah sie hin? Jasmin folgte Jettes konsterniertem Blick und erkannte plötzlich des Rätsels Lösung: Geralds Bruder, der Jette breit angrinste.
Ach, daher wehte also der Wind! War das etwa Liebe auf den ersten Blick?
"Well, let's talk", meinte die Agentin schließlich. "I like it, but I have a problem. You are really a boy band and girls love boy bands because of the boys. I don't think it makes sense to have a girl playing the keyboards. Where's your drummer, by the way? In Germany? He should come back to do the video. We'll pay his **expenses**."

expenses
Unkosten

Jasmin hielt den Atem an.
Jette wurde immer kleiner in ihrem Stuhl, sie schien geradezu zu verschwinden. "I see, Mrs ..."

"Coleman." Die Agentin musterte sie eine Weile. "You performed well and you can play the keyboards quite well too. You're not a bad dancer, but **still** – something was missing. And this is a boy band after all. What was your name again?"
"Jette, I mean, Henriette", antwortete Jette kleinlaut.
"That's a beautiful name, an artist's name", blubberte die Agentin weiter, anscheinend um Jette zu trösten.
Die lächelte dankbar. "At least my name is good for something."
"Well, that's all for today, folks, I have to leave."
Die Agentin sprang auf. "I want a boy band. But, just as a **one-off**, I also want *you* to dance." Dabei zeigte sie auf Jasmin. "The band's called the *King of Hearts,* so you can be the Queen of Hearts for a day. I thought that number with the pink crutches was very **original**. By the way, where did you get them? They look really cool."
Sie wartete die Antwort nicht ab, sondern verabschiedete sich knapp und entschwand aus dem Raum, vermutlich zu ihrem nächsten Termin.

still trotzdem
one-off *hier:* einmaliger Auftritt
original originell
talented begabt

Nachdem die Tür hinter ihr zugefallen war, herrschte betretene Stille im Saal.
"She said you were **talented**", tröstete Anorak-Andy Jette.
"I told you that would happen", flüsterte Jette Justin zu.
Der nickte. "Yes, you did. Thanks for trying, though, Jette."

"Well, I prefer girl groups anyway!", ertönte plötzlich eine Stimme aus dem Hintergrund. Es war eine tiefe, ziemlich männliche Stimme.

Alle fuhren herum und Jette wurde mit einem Mal feuerrot.

"And if I were an agent, I would make you world-famous, Henriette!", fügte Eddy hinzu.

Jette strahlte.

"Do you want to go home, Jette?", erkundigte sich Gerald mitfühlend.

"You can call me Henriette from now on, if you want to." Strahlend lächelte sie ihn an.

So hatte Jasmin ihre Erzfeindin noch nie erlebt. In diesem Augenblick fiel ihr die Idee wieder ein, die sie mit Perry ausgeheckt hatte.

So be it.
Einverstanden.

"Hang on, Jette. I think you did brilliantly today! And okay, if this agent wants a boy band, **so be it**. But how about helping me to organize a concert for the presentation of our newt project? And you can dance! We can both dance together!"

"And I'd like to play drums!", ertönte eine männliche Stimme von der Tür.

"And I'll play the piano!", rief eine andere, die Jasmin sehr vertraut war, obwohl sie sie schon Ewigkeiten nicht mehr vernommen hatte. Überrascht drehte sie sich um.

Da standen doch tatsächlich Nick und Tina! Braungebrannt! Niemand hatte sie kommen hören.

"I don't believe it", flüsterte Justin.

Tina stürmte zu Jasmin.

"Wahnsinn, du und ein Gips! Meine weltbeste Freundin, die Tänzerin, mit Gips! Wir mussten einfach herkommen, wir haben es nicht mehr ausgehalten auf Sylt. Ich wollte dich unbedingt sehen und", sie warf einen Seitenblick auf den vollgekritzelten Gips, "mich auf deinem Gipsbein verewigen."

"And I just couldn't stand not hearing anything from you, Justin, and not knowing what was going on with the band", erklärte Nick.

on purpose absichtlich

to have a second to spare eine Sekunde Zeit haben

"What?", fragte Justin verblüfft. "But you've only been gone a couple of days, and so much has happened ... I didn't do it **on purpose**, I just didn't **have a second to spare**!"

Sie sahen sich einen Moment lang an, dann grinsten sie und begrüßten sich mit einer freundschaftlichen Umarmung.

Am Abend saßen sie alle noch lange zusammen und freuten sich über ihren Erfolg. Nick hatte inzwischen aus dem Stegreif einen Text für ein neues Lied geschrieben, den NEWT-Song, und trug ihn vor:

In the darkness
It is quiet
Hear the wind blow
There's no light
But on a little rock
At ten o'clock
Sits a great crested newt!

He just sits there
In the night
Feels the wind blow
And is quiet
A great crested newt
On his little rock
At ten o'clock.

Alle klatschten begeistert Beifall. Snowflake bot an, auf dem Konzert ein Newt-Kostüm zu tragen, wobei allerdings noch unklar blieb, wer das fabrizieren sollte.
Sie nahmen sich vor, mit dem Konzert so viel Geld einzunehmen wie möglich, um es dann einer Organisation für den Schutz der bedrohten Molche zu spenden.
Eddy und Jette besorgten *Fish and Chips* und Getränke für alle. Tina berichtete von Schweinswalen, die sie vor Sylt gesehen hatte. Das erinnerte Jasmin an ihre Idee, irgendwann auch eine Show zugunsten der Wale zu veranstalten, was große Begeisterung hervorrief.
Justin lieh Jasmin seinen Kamm, weil es unter ihrem Gips mal wieder besonders schlimm juckte. Jette und Eddy lächelten sich pausenlos an und eins war klar: Jette hatte sich bis über beide Ohren in Eddy verknallt.
Gerald wurde zur Entschädigung von Cathy mit *Fish and Chips* gefüttert und schien ganz begeistert von ihr zu sein.
Zwischendurch erhielt Jasmin eine Nachricht von Perry:

Hello Jasmin. My mother and I are at the airport in Frankfurt now. Thanks for being such a good friend! I wish you all the best ... and IWALY, Perry.

Daphne schickte währenddessen pausenlos Nachrichten an Kjell. Und Jasmin berichtete Tina ausführlich alle Ereignisse der letzten Tage.
Am Ende sah Tina ihre Freundin grinsend an. “Jetzt ist alles genau so, wie ich es mir gewünscht habe, weißt du noch? Nick und ich und du und Justin ...”

Anhang

English Text Message Abbreviations

BFN	Bye For Now
H&K	Hugs & Kisses
KIT	Keep In Touch
LOL	Laughing Out Loud
IKYN	I Kid You Not
IWALY	I Will Always Love You

Deutsche SMS-Kürzel

BPG	– bei passender Gelegenheit
EDV	– Ende der Vernunft
FF	– Fortsetzung folgt
GDB	– ganz dickes Bussi
GG	– großes Grinsen
HDL	– hab dich lieb
HDG	– hab dich gern
HDGDL	– hab dich ganz doll lieb
SDEDG	– schön, dass es dich gibt
HDLFIUE	– hab dich lieb für immer und ewig